作家榜®经典名著

读经典名著，认准作家榜

MY FIRST SUMMER IN THE SIERRA

夏日走过山间

[美] 约翰·缪尔 著 刘子超 译

四川少年儿童出版社

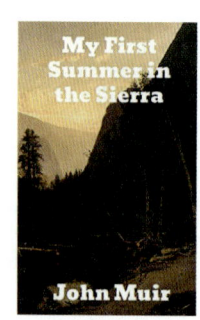

本书译自英国剑桥 Riverside Press 1911 年版

目录

01　导读
　　荒野是一种必须

001　第一章
　　赶着羊群穿越山麓

033　第二章
　　默塞德河北岔口的营地

081　第三章
　　面包饥荒

091　第四章
　　去高山

119　第五章
　　优胜美地

153　第六章
　　霍夫曼山和特亚纳湖

183　第七章
　　奇遇

199　第八章
　　莫诺山道

221　第九章
　　血色峡谷和莫诺湖

237　第十章
　　图奥勒米营地

261　第十一章
　　返回平原

272　附录
　　约翰·缪尔大事记

导读

荒野
是一种必须

"你想去哪里?"
"任何荒野之地。"

缪尔在山间

约翰·缪(miù)尔有一张著名的照片,摄于晚年。照片中,他手撑藤杖,坐在一块加州花岗岩上,身体瘦削却十分硬朗,宛如内华达山脉扎根在岩缝中的老树。

缪尔的一生也如老树一般历经风雨,沧桑遒劲。他是地质学家、植物学家,足迹遍布全球。他是美国早期环保运动的领袖,创建了美国最重要的环保组织"塞拉俱乐部",被称为"国家公园之父"。此外,他还留下数本自然文学佳作,特别是关于加利福尼亚州内华达山脉和优胜美地(又译"约塞米蒂")的优雅叙述,至今仍广为流传。

忠于自己

1838年4月21日,缪尔出生在苏格兰东洛锡安的邓巴镇。11岁那年,缪尔一家移民美国威斯康星州,开始新的生活。缪尔没有接受正规教育,而是在父亲的农场里干活。他经常被父亲痛打,对缪尔来说，那是一段备受束缚的日子，欢乐的记忆只来自和弟弟在威斯康星乡间的田野和树林中漫游。

1860年，22岁的缪尔进入威斯康星大学读书。有一天，他坐在校园内的一棵刺槐下，他的朋友指着刺槐告诉他，那属于豆科。这令缪尔大为惊奇，也点燃了他对大自然的热情。他没有获得学位就离开大学，接下来的几年里，他在美国中西部和加拿大行走，一边研究植物，一边打零工。

1867年3月的一天，缪尔在印第安纳州波利斯的一家马车零件店工作，因为一场事故险些致盲。为了恢复视力，他不得不在一个黑暗的房间里待了六个星期。这场意外最终改变了缪尔。一个多月后，当缪尔恢复视力时，他决心把目光转向田野和森林。他后来写道："这场苦难把我赶到了美妙的田野。"

从那时起，缪尔决心忠于自己，追寻他探索和研究植物的梦想。他开始了多年的漫游生涯，只带着简单的行囊——植物压平器和一些书，从印第安纳州波利斯徒步前往墨西哥湾，行程1600多公里。随后，他航行到达古巴，又在巴拿马穿过地峡，驶向美国西海岸，最终在1868年3月登陆旧金山。

旧金山令缪尔倍感压抑。刚到不久，他就向一个木匠打听离开这个混乱城市的最快方法。

"你想去哪里？"木匠问。

"任何荒野之地。"缪尔回答。

木匠指了指优胜美地的方向。

就这样，30岁的缪尔第一次来到优胜美地。此后，这里成了他毕生珍爱之所。当时，山谷中有几十位常住民，还有一个苹果园。缪尔在日记中没有留下太多关于这次探访的记载，我们只知道探访的时间很短，只有十天。但当缪尔回到城市时，他暗自发誓，一定要回到优胜美地。

次年5月，缪尔接下一份牧羊人的工作，赶着两千多只羊，"沿着积雪融化后露出的森林带缓缓上行，在我们能找到的最好的牧场停留几周"。这趟旅程令缪尔终生难忘，他写下日记，画了素描，而《夏日走过山间》就是四十年后他对这段经历的描述。

森林野人

缪尔在腰带上系了个笔记本，挂了几块面包皮，便愉快地在山间探索、攀登、研究植物。他时常睡在户外，以冷杉的枝叶铺床，枕头里则塞满各种甜美的野花。星光从叶隙间漏下来，仿佛在和身边的溪水唱和。缪尔还登上了主教峰的花岗岩顶峰，历尽艰险去看飞泻而下的瀑布，并与棕熊狭路相逢。这段美妙的夏日山居生活令缪尔心醉神迷，到了第二年秋天，他决定在这座"大自然的风景花园"里彻底定居下来。他在酒店经营者詹姆斯·哈钦斯所有的一家锯木场找到了工作，搬进了优胜美地溪边满是蕨(jué)类植物的小屋。在各种植物标本的包围下，缪尔将自己敏锐的观察写进一本又一本的日记里，有时为了增加效果，他还会用红豆杉的树液写作。

1871年，缪尔在《纽约论坛报》上首次发表文章，阐述了"优胜美地山谷是由冰川活动造就"的理论。在知识分子友人珍妮·卡尔的努力下，缪尔作为"森林野人"的声誉与日俱增。他接待了来访的大作家拉尔夫·爱默生，后者花了好几天时间询问缪尔植物学方面的问题，并对优胜美地的宏伟风景赞不绝口。可惜的是，爱默生此时的身体已经太过虚弱，无法在野外露营。

1872年年底，缪尔开始在加州的沙龙中偶尔露面，并为颇具影响力的杂志《陆路月刊》撰稿。他也渐渐意识到自己作为荒野倡导者的使命，尽管内心不无挣扎：一方面，他想待在"纯净"的大自然中；另一方面，他越来越感到，为了保护心爱的优胜美地不被文明污染，他必须回到公共舞台上。

不可避免地，缪尔待在城市的时间越来越长。1874年秋天，当他在离开九个月后重访优胜美地时，他知道自己以前的自由时光即将告一段落。"我生命中的一章结束了，"他在信中对珍妮·卡尔说，"我觉得我在这里像个陌生人。"缪尔回到旧金山，接下来的生活是与一位名叫路易莎·万达·斯特伦茨的女士结婚，抚养两个女儿，同时经营家庭水果农场。

直到50岁，缪尔才恢复对优胜美地的造访，并通过写作和游说成为公众人物。1889年，他与《世纪杂志》的编辑罗伯特·安德伍德·约翰逊在图奥勒米草甸露营。他们发现对优胜美地和内华达山脉最大的威胁来自驯养的牲畜，特别是家羊——缪尔将它们称为"长着蹄子的蝗虫"。缪尔在《世纪杂志》上发表了两篇关于荒野保护的标志性文章，最终推动国会在优胜美地成立国家公园。1892年，缪尔创建了著名的"塞拉俱乐部"。这个环保组织如今已有超过75万名会员，是美国最有声望的环保团体。

晚年的缪尔成了优胜美地的一张名片。1903年，他带领西奥多·罗斯福总统在优胜美地露营三日。历史学家认为，正是在这期间，缪尔说服罗斯福总统将国家公园系统扩展到整个美国。

自然的狂喜

缪尔的大部分著作都是在晚年出版的。他如向导一般带领读者进入荒野，赢得了众多的追随者。缪尔最好的作品《夏日走过山间》于1911年6月出版，是他根据19世纪70年代的日记整理改编而成。尽管写作时缪尔已近耄耋之年，但通过巧妙的编辑，他的作品保留了年轻时的作品那种令人耳目一新的自发性，时而也穿插着抒情和神秘的思考。

书中没有回忆录常见的啰唆和惆怅情绪，一开篇就将读者带回那个美妙的夏日。缪尔笔下的一切都是那么新鲜、愉快、生机盎然，有时你甚至会觉得稍显浮夸。同为自然作家的梭罗常常充满自我审视与觉察，而缪尔则完全投入自然中，毫无掩饰地高呼喜悦。

"今天早上，我的胸中满溢着野生动物般的喜悦，只想放声呐喊。"缪尔在7月9日的日记中写道。他还时常像个未经世事的年轻人，急于将这份喜悦传递给读者。"我从未见过如此壮丽的风景，山峦之美的崇高与盛大仿佛没有边际。对于那些没有亲眼看见类似景象的人，最夸张的辞藻也不足以穷尽它的壮美与灵性之光。我在狂喜之中大喊大叫、手舞足蹈，令圣伯纳犬卡洛大吃一惊。"

此时的他跳出了自我与束缚，与更广阔、自由的天地融合。缪尔在山中就是这样的。他在6月6日的日记中写道："我们已置身于大山中，大山也融入了我们的身体，点燃了我们心中的激情，撩拨着每一根神经，充斥在每一个毛孔和细胞中。面对周围的美景，我们的血肉之躯似乎像玻璃一般透明，仿佛真切地与周遭融为一体，与空气和树木、溪流和岩石一起激荡在阳光的波涛中——我们成了自然的一部分，没有衰老和年轻，也无所谓病痛和健康，只有不变的永恒。此刻，我感到身体就像大地和天空一般，不再依赖食物或呼吸。这是多么美妙的转变，如此完满，过去充满束缚的记忆如此淡漠，无法用来与现在比较。在这崭新的生命里，我们仿佛一直都是如此美好。"

"过去充满束缚的记忆"是指少年时代父亲施加的严苛教条，而《夏日走过山间》就像一本灵魂燃烧的日记，一部心灵涅槃（niè pán）的纪实。缪尔初次接触到辉煌壮阔的内华达山脉、开满鲜花的高山草甸，以及同样充满狂喜的瀑布和溪流——眼前的风景成为缪尔顿悟的契机。当他站在高山的峰顶上，沐浴在"光之山脉"的光辉中，他放弃了父亲那套古板阴郁的信仰，转而皈依了更为浪漫的自然信条，其先知是华兹华斯、罗伯特·彭斯、梭罗和爱默生。缪尔用一句话概括了他的全新信仰："我的祭坛是山脉、海洋、大地和天空。"

对缪尔来说，称某物"野性"是对它的最高褒奖，给大地贴上"野性"的标签则是将自然与人类的经验结合。缪尔给我们最大的启迪和激励是他笔下传达的"荒野意识"。虽然他像个严谨的科学家——去丈量树木、制作标本、观察冰川磨蚀的作用，但他的文字并不枯燥，也没有地质学家或植物学家常见的掉书袋。相反，他将感官聚焦于具体的荒野之美，一次次地表达自己的叹服之情："谁能想到，如此粗犷(guǎng)的荒野竟会如此优美，到处都是美好的事物。我们仿佛置身于一座宏伟的圆顶剧场中，观看一出由美景、音乐和熏香上演的盛大戏剧——所有布景和表演都妙趣横生，让人无须忍受片刻的沉闷。"

缪尔说："人生短暂无常，无论多么努力，能学到的东西也不过是太仓一粟(sù)。"但他同时也告诉我们，不必哀叹自己的浅薄和无知，因为荒野之美足以震颤我们的每一根心弦。"大自然创造它们的方法固然超出我们的理解，"缪尔写道，"但能沉醉其中就已足够幸运。"

在《夏日走过山间》里，缪尔带领我们一起沉醉山间。他精妙地写到各种各样的植物和动物，细心描摹它们的生长环境与习性——细腻的笔触令人赞叹。他写常见的凤尾蕨斜织交错成绿色的篷，"光线柔和地映照出叶片拱形的叶梗和叶脉，宛若无数浅绿色和浅黄色的彩绘玻璃精巧地镶嵌在窗棂(líng)中间"。他写吵醒他的道氏红松鼠就像"森林中急躁的暴君"。他写跳跃的蚱蜢就像一个"小巧的宣讲者","生动有力地表达群山的生机、力量和幸福"。他写地平线上的松林"像清晰的符号"和"用阳光书写的神圣的象形文字"。他甚至能将一颗雨滴的命运写得如诗如画:"无论要走多远,注满多少大大小小的花冠,甚至那些小到看不见的细胞,雨滴都同样悉心。不管是只能容纳半滴雨露的花冠,还是山间的湖泊,雨滴都给予同等的眷顾。……大雨中的每一颗雨滴都如同一颗新生的银色星星,湖泊河流、花田树林、溪谷山峰,一切风景都倒映在它们如水晶般透明闪耀的内心深处。它们是自然的信使,是爱的天使,带着威严、壮丽和力量踏上了旅程,使得人类最伟大的成就也显得荒谬可笑。"

对缪尔来说,智慧可以在荒野的经验中获得。他知道优胜美地为他带来了什么,也认识到荒野会对所有人产生净化的力量。大自然不断地建造、推倒、创造、毁灭,物质以各种形态不断变化,每个事物都与别的事物紧密相连,整个宇宙如网络一般勾连——这正是缪尔用文字揭示出来的真理。他不像很多环保人士那样攻击文明,但确实捍卫了荒野对于人类的意义。

缪尔说,"荒野是一种必须","进山就是回家"。这正是缪尔从内华达山脉下来后,用四十年的人生推广的荒野意义。如今,在这个日益隔绝和封闭的时代,缪尔的文字想必会让我们更加心有戚戚。

刘子超
2022 年 6 月

第一章

赶着羊群
穿越山麓

我们成了自然的一部分,
没有衰老和年轻,
也无所谓病痛和健康,
只有不变的永恒。

加利福尼亚壮阔的中央山谷，一年只有两个季节——春季和夏季。第一场暴风雨通常在十一月降下，春季随之而来。在随后的几个月里，大地繁花似锦。不过，到了次年五月底，植物便会凋谢枯萎，变得干枯松脆，像在烤箱里烤过一样。

　　这时，无精打采、气喘吁吁的羊群就会被赶往凉爽碧绿的内华达高山牧场。我向往这个季节的山间，可惜囊中羞涩，也不知道如何在山里维持补给。对漫游者来说，这是个大问题。我甚至开始幻想自己可以像野生动物一样，靠吃种子和野果获取营养，将资金和行李的问题抛在脑后，快活地在山间闲逛攀登。

　　正在我一筹莫展之际，德莱尼先生前来拜访。

　　他是一位牧场主，我曾为他工作过几个星期。这次，他提出雇用我跟随他的牧羊人和羊群，一起前往默塞德河和图奥勒米河的上游——那里正是我一心向往的地方。我愿意接受任何工作，只要能回到去年夏天让我流连忘返的优胜美地山区。

　　德莱尼先生解释，我们将赶着羊群，沿着积雪融化后露出的森林带缓缓上行，在我们能找到的最好的牧场停留几周。

我觉得这些牧场会是不错的观测基地。以营地为中心，我可以进行很多让我收获颇丰的短途旅行，研究12—16公里范围内的植物、动物和岩石。

德莱尼先生向我保证，我可以完全自由地进行自己的研究，但我还是怕自己胜任不了这份工作。我坦诚地向他解释，我对高山地形、所经过的小溪河流以及吃羊的野生动物等问题所知甚少。简单来说，在经历了熊，土狼，河流，峡谷和荆棘密布、令人动辄迷路的灌木丛等艰难险阻后，我担心他的羊群很可能会损失大半。不过，德莱尼先生似乎并不在意我的这些不足。在他看来，最重要的是在营地里有个值得信赖的人，监督牧羊人履行职责。他还安慰我，事情从远处看大都困难棘手，但车到山前必有路。他进一步鼓励我，牧羊人会负责所有放牧工作，我可以随心所欲地研究植物、岩石和风景。他本人不仅会陪我们走到第一个主营地，还会不时前往更高的营地，为我们递送补给，照看我们的生活。

于是，我决定接下这份工作。尽管在清点羊群时，看着傻羊们一只只跳过狭窄的畜栏，我心中仍不免担心，这两千零五十只羊中有很多可能会有去无还。

很幸运，我得到了一只很好的圣伯纳犬做伴。它的主人是一位和我有些交情的猎人。他一听说我要去内华达山中度夏就赶了过来，恳请我带上他的爱犬卡洛。如果整个夏天都待在平原上，他担心酷暑会要了卡洛的命。

"我相信你会好好待它的，"他说，"我也相信它会对你有帮助。

它熟悉山里所有的动物，能看守营地，会帮忙管理羊群，做什么都能干又可靠。"

卡洛知道我们在谈论它，于是盯着我们的脸，一副认真倾听的样子，仿佛能听懂我们说话。我叫它的名字，问它愿不愿意跟我走。它看着我的脸，眼里闪着聪明的光，然后转身望望它的主人，直到主人朝我挥了挥手表示同意，又爱抚地拍了拍它以示告别，它才安静地跟在我的身后，仿佛完全明白我们刚才说的话，而且和我早就是老朋友了。

6月3日

早晨，食品补给、露营水壶、毛毯和植物标本夹等被打包到两匹马上。羊群向着黄褐色的山麓(lù)而去，我们也在扬起的尘土中悠然启程：高瘦的德莱尼先生领着驮马，刀削般的侧脸酷似堂吉诃(hē)德，还有骄傲的牧羊人比利、一个中国人和一个印第安人——最初几天，他将协助我们将羊群赶过灌木丛生的山麓。此外，还有皮带上拴着笔记本的我。

我们出发的牧场位于图奥勒米河南岸，靠近弗伦奇湾。含金的变质板岩构成的丘陵，从那里一直延伸到中央山谷的层状矿床下。

刚走了不到1.6公里，羊群中的几只较老的头羊就兴奋起来，急切地昂首向前奔跑，仿佛想起了去年夏天在高山牧场度过的美好时光。这股满怀希望的兴奋劲儿很快就传染了整个羊群，母羊招呼着自己的孩子，羊羔则用近似人声的音调回应，在颤抖的应答间，还不忘急匆匆地啃上一嘴干草。羊群漫过山丘，在一片嘈杂的咩咩声中，母羊和羊羔也能认出彼此的声音。假如一只疲惫的羊羔在滚滚尘土中昏昏欲睡而没有做出回应，母羊就会调头奔跑着穿过羊群，回到上一次听到回应的地方，直到从上千只对我们来说长相和叫声全都相似的羊羔中找到自己的孩子才肯平静下来。

羊群以大约每小时 1.6 公里的速度行进，队形像一个不规则的三角形，底边长约 91 米，高约 137 米，几只最强壮的头羊构成三角形不断变化的尖头。最活跃的那些羊分布在"主体"参差不齐的两侧，急切地探寻着岩石和灌木丛的各个角落，寻找牧草和树叶。羊羔和孱（chán）弱的老母羊则慢悠悠地跟在最后，构成三角形的"底边"。

中午时分，酷热难耐。可怜的绵羊痛苦地喘着气，想在经过的每一片树荫下驻足休息。我们也透过模糊而刺眼的阳光，满怀热切和渴望地眺望雪山和溪水的方向，尽管什么都看不到。在我眼前，只有绵延起伏的丘陵粗暴地点缀着灌木、树木和大片裸露的板岩。树木大多是蓝橡树，9—12 米高，长着浅蓝绿色的叶片，树干呈白色，在最为瘠薄的土壤中或未受山火侵袭的岩石缝隙中零落地扎根。在很多地方，板岩突兀地刺破黄褐色的草皮，尖利的石块上覆盖着苔藓，就像荒坟野岭上的墓碑。除了橡树、四五种熊果树和美洲茶，山麓地带的植被和平原上的大体相同。

早春时节，我来过此地，那时这里就像一座迷人的景观花园，

鸟鸣蜂舞，山花遍地。如今，灼热的天气将一切烤得了无生机。地上布满裂纹，蜥蜴从岩石上飞速爬过，数量惊人的蚂蚁排着长队、争夺觅食，微小的生命火花在酷热中越烧越旺，散发着永不熄灭的能量。在如此骄阳下，它们竟然没有在几秒钟内被烤焦，实在不可思议。僻静之处有响尾蛇盘踞(guǒ)，但并不常见。平日里聒噪无比的喜鹊和乌鸦此刻也没了声音，它们成群混杂，站在最浓密的树荫下，张着嘴巴，耷拉着翅膀，气喘吁吁地说不出话。零星有几个温热的碱(jiǎn)水坑，鹌鹑(ān chún)躲在那旁边的阴凉处。棉尾兔在美洲茶丛的阴凉间窜来窜去，不时还可以看到姿态优雅的长耳兔在平地上奔跑。

在一片小树林中短暂午休后，这群被尘土呛得喘不过气来的可怜的绵羊又被驱赶着越过灌木丛生的小山，继续前进。然而，我们此前所走的那条隐约的小路在关键时刻突然消失不见了。我们不得不停下脚步，环顾四周，辨别方向。印第安人默默扫视起伏的山脊和峡谷，寻找出口。我们穿过一片布满荆棘的丛林，发现了一条通向科尔特维尔的小路。沿着这条小路，我们终于走到一个干燥的农场，准备在那里扎营过夜。这时，离日落只有一个小时了。

赶着羊群在山麓扎营简单轻松，但绝对算不上愉快。太阳落山前，在牧羊人的看守下，羊群在附近觅食，其他人则捡柴、生火、做饭、拆行李、喂马。黄昏时分，疲倦的羊群被集中到营地旁开阔的高地，在那里自觉地挤到一起。等每只母羊都找到并喂饱自己的孩子后，它们便趴在地上，一觉睡到天明，不用我们再去操心了。

随着一声大喊"开饭啦"，晚餐就开始了。我们各自拿着锡盘，自行从炖锅和煎锅中取食，一边吃一边聊着养羊、挖矿、土狼和熊，以及淘金潮时代的各种难忘历险。只有印第安人坐在后面沉默不语，仿佛属于另一个物种。

晚餐吃完了，狗喂饱了，吸烟的人围坐在篝(gōu)火旁吞云吐雾。在饱足感和烟草的作用下，他们平静的面庞看上去近乎神圣，散发着柔和沉思的光。突然间，他们仿佛从梦中醒来，或是长叹一口气，或是咕哝一声，敲掉烟斗里的烟灰，打个哈欠，呆呆地望了一会儿火苗，说道："好吧，我该去睡觉了。"随即就消失在毛毯下。

篝火闪烁着，又闷闷地燃了一两个钟头，星光变得更加明亮。浣熊、土狼和猫头鹰的叫声不时打破寂静，蟋蟀和雨蛙持续不停地欢唱着，和谐饱满的乐声仿佛是夜晚本身的一部分。唯一不和谐的声音来自酣(hān)眠者的呼噜声和绵羊们被尘土呛到的咳嗽声。星光之下，羊群就像一条灰色的大毯子。

6月4日

破晓时分,营地开始活跃起来。

早餐是咖啡、培根和豆子,餐后我们迅速清洗餐具,打包行李。日出时,羊群就开始咩咩叫唤。母羊刚站起来,羊羔就蹦蹦跳跳地跑过来,用头撞着母羊要奶吃。等上千只小羊吃饱奶后,整个羊群便散开吃草。躁动的阉羊胃口最大,率先冲了出去,但不敢离羊群太远。

比利、印第安人和中国人将羊群赶上沉闷的山路,允许它们在400米的范围内寻找一点儿可怜的食物。在我们之前已经有几个羊群经过,无论是绿叶还是枯叶,都不剩什么了。因此,饥肠辘辘的羊群必须赶紧翻过这片荒凉炎热的山丘,赶到三五十公里外最近的绿色牧场。

"堂吉诃德"牵着驮马,肩上扛着把沉甸甸的来复枪,遇到熊和狼时就能派上用场。

天气和前一天一样炎热,路上依旧尘土飞扬。平缓的褐色山坡上,植被大体相同,只有沙棘松样貌奇特,有的形成小片松林,有的杂生在蓝橡树之间。

沙棘松的树干在4.5—6米高的地方分成两根以上的树杈,有的斜斜生长,有的笔直向上,树杈上长着散乱的枝条和细长的灰色针叶,几乎没有树荫。整体来看,这种树的外形更像棕榈而非松树。球果长约15—18厘米,直径约13厘米,很重,落地后还能保存良久,因此在树下铺满了一层。这种球果富含松脂，点燃后能发出明亮的火光。在我所见过的燃料中，这种球果产生的火焰的美丽程度仅次于玉蜀黍(shǔ)穗。

"堂吉诃德"告诉我，印第安人喜欢收集很多沙棘松的松子作为食物。它们与榛子大小相近，同样有坚硬的外壳，既能当作食物，也能当作燃料，真是一种好物。

6月5日

今天早上，在与云朵般的羊群同行了几个小时后，我们登上了皮诺布兰科峰侧翼第一个轮廓分明的平台的峰顶。

沙棘松深深地吸引了我。它们如此轻盈，有着棕榈般奇特的外形，我很想为它们画张素描，但心潮过于澎湃，没取得什么成果。不过，我还是想办法多停留了片刻，从西南侧为皮诺布兰科峰画了一幅差强人意的素描：那里有一小块由溪流灌溉的田地和葡萄园，溪水从路边的峡谷中奔流而下，形成一道美丽的瀑布。

登上第一个平台的峰顶，虽然海拔只上升了300多米，但也让人心旷神怡。映入眼帘的是默塞德山谷中一段被称为"马蹄湾"的壮丽河谷。气势恢宏的荒野仿佛在用千百种美妙的声音发出召唤，让人对前路充满向往。近处是奔涌而下的陡峭山坡，覆满了松树和熊果树，林间的空地上洒满了阳光。远处的背景则是层层叠叠的秀丽山峦，山脊上方耸立着隐入远方的浩荡群山。山上覆盖着茂密的灌木丛，大部分是柏枝梅，繁密而匀称，中间没有任何树木和空隙，看起来就像是一层柔软厚实的长绒棉。放眼望去，面前是一片波澜起伏的绿色海洋，恍若苏格兰荒原上的石楠一样匀称绵延。

眼前的风景如同雕塑，无论是轮廓线条，还是丰富的细节，都同样引人注目。在耸立的群峰之间，河水波光荡漾，每一座山峰都平滑优美，没有一处突兀的棱角。这些由变质板岩构成的沟槽和山脊线是如此精致，仿佛经过砂纸小心翼翼地打磨。眼前的一切就像人类最高贵的雕塑作品，无不透出设计之感——大自然的鬼斧神工是多么令人惊叹！

我凝望着,内心充满敬畏,甘愿为它放弃一切。如果能用毕生精力去探寻是何等伟力造就了这样的形态,造就了这些岩石、植物、动物以及灿烂的气候,我一定会欣然无比。俯瞰,仰望,到处都是超乎想象的美,无论是那些已经创造出来的,还是那些永远在雕琢之中的。我凝望着,向往着,欣赏着,直到尘土飞扬的羊群和驮马都消失在视野里,这才匆忙地写下笔记,画了素描——尽管这些都是多余的——因为这片神圣风景的色彩、线条和风情都已烙印在我的脑海中,永不褪色。

这是令人陶醉的一天,夜晚凉爽、平静、万里无云,充斥着一种我从未见过的景象——大团发光的白色云雾布满了树林和灌木丛,就像威斯康星草原上快速飞舞的萤火虫,而非所谓的"野火"。从马尾上散开的鬃毛和我们毛毯上飞溅的火星中,可以看出空气里充满了静电。

6月6日

翻过一片如波浪起伏的丘陵,我们到达了山脉的第二个平台,或者叫高原,周围的植被也自然出现了相应的变化。

在开阔之地尚能看到许多低地植物,还有蝶百合以及其他百合家族的成员,但山麓地带特有的蓝橡树已不见踪影,取而代之的是高大优雅的加州黑栎。这种落叶乔木拥有深深开裂的叶片,如画般

优美的枝干,以及宽大、茂密、形状规整的树冠。

在海拔约762米的地方,我们还走到了一片广阔的针叶林的边缘,林中以黄松为主,兼有少量糖松。

糖松
Pinus lambertiana

这时，我们已置身于大山中，大山也融入了我们的身体，点燃了我们心中的激情，撩拨着每一根神经，充斥在每一个毛孔和细胞中。面对周围的美景，我们的血肉之躯似乎像玻璃一般透明，仿佛真切地与周遭融为一体，与空气和树木、溪流和岩石一起激荡在阳光的波涛中——我们成了自然的一部分，没有衰老和年轻，也无所谓病痛和健康，只有不变的永恒。此刻，我感到身体就像大地和天空一般，不再依赖食物或呼吸。这是多么美妙的转变，如此完满，过去充满束缚的记忆如此淡漠，无法用来与现在比较。在这崭新的生命里，我们仿佛一直都是如此美好。

越过松林间一片开阔的草地，我望见优胜美地高处默塞德河源头处的几座雪峰。它们看上去如此之近，在蓝天的衬托下，轮廓格外清晰，更像是浸透和镶嵌在蓝天里。雪山的召唤令人无法抗拒！我真的能够去到那里吗？日日夜夜，我为此祈祷，却担心只是黄粱一梦。贤德之人能去到那里，完成这项神圣的使命，而我也将尽我所能，游荡在我所深爱的群山间，甘愿在这片圣洁的荒野中做一名谦卑的奴仆。

在科尔特维尔附近一片浓密的柏枝梅丛下，我发现了一株漂亮的仙灯百合，它的旁边生长着智利铁线蕨。仙灯百合的花瓣呈白色，底部内侧染着一抹淡紫，惊艳异常。它纯洁得如同冰晶，堪称人人爱戴的植物圣人，每次看到它，人们的内心也会变得愈加纯净。它能让最粗野的登山者变得彬彬有礼。有了这株植物，即便整个世界别无他物，也会显得丰富多彩。有这样一位植物圣人站在路旁，我想要跟上羊群着实不易。

午后，我们经过一片美丽的草地，周围是高大的松树，大多是笔直的黄松，中间也有一些庄严的糖松。

糖松的枝干如羽翼般伸展，高出周围黄松的塔状树冠，与之形成鲜明的对比。糖松的松果长38—50厘米，挂在枝头，如流苏一般摇荡，有种美妙的装饰效果。

我曾在格里利锯木场见过这种糖松的原木，浑圆规整得像用车床加工过，只在根部有一些砍伐留下的凸起。它的树液香甜，特别美味，让锯木场充满芬芳。

松树下的土地也很美妙，细长的松针和硕大的松果铺了厚厚一层。在松鼠享用大餐的树根边，有一堆堆的松果鳞片、翅果和果壳。松鼠总是沿着松果螺旋状的顺序从底部往上啃掉鳞片，吃到松子。每个鳞片底部有两颗松子，一个松果里就有一两百颗，足够松鼠大餐一顿。在享用黄松和大部分其他松树的松子时，道氏红松鼠总是将松果倒立在地上，然后缓缓旋转直至开裂。大概是出于安全考虑，它们吃东西时通常背靠树干。奇怪的是，它们的身上似乎从来不会粘上树胶，连爪子和胡须上也不会，就连吃剩下的果壳堆也干净漂亮。

我们现在正向着云雾和清凉的溪流进发。

正午时分，壮观的白色积雨云出现在优胜美地地区的上空，仿佛飘在空中的山泉，令壮丽的荒野焕然一新；又像天上的山脉，从它珍珠色的山峰和峡谷间流淌出人间的溪流，为我们带来凉爽的雨水。山岩纵使再千变万化、形态精巧，也比不上这天上的美景。穹顶和山峰般的云朵不断上升、膨胀，像上好的大理石一样洁白，轮廓坚实，仿佛世间最杰出的建筑。每一朵积雨云，即使转瞬即逝，也会留下它的印记，花草树木的脉搏为之加速，溪流湖泊的水量为之丰盈，岩石上也会刻下它的痕迹，不管我们能否看到。

自从在马蹄湾第一次注意到柏枝梅，我就一直在研究这种奇特且占据支配地位的灌木。它们在科尔特维尔附近第二个平台低处的山坡上大量生长，形成浓密得几乎无法穿过的灌木丛，从远处看去黑压压一片。柏枝梅属于蔷薇科，高约1.8—2.4米，有白色小花，花序长约20—30厘米，叶子是圆润的针状叶，红色树皮在老化后会变得斑驳。它们生长在日照充沛的坡地上，和野草一样经常被山火席卷，但很快又能从根部重获新生。任何生长在它们中间的树木最终都会被山火摧毁，这无疑就是柏枝梅能绵延一片没有间断的秘密。

柏枝梅之间还生长着一些能够浴火重生的熊果树，还有一些灌木组合——酒神菊属、麻莞(wǎn)属和一些百合科植物，主要是球根入土较深、可以躲过山火的蝶百合和帝王花。众多鸟类和那些"微小、狡猾、胆怯、怕羞的小兽"[1]也在灌木丛的深处安家落户，灌木带边缘的空地和小径则为那些被冬季风暴从高山牧场赶下来的鹿群提供了庇护和食物。

这真是一种令人钦佩的植物！现在它正处于花期，我喜欢摘下一朵香气袭人的花，插在自己的扣眼里。

---

1 出自苏格兰诗人罗伯特·彭斯（1759—1796）的诗作《致田鼠》。

加州杜鹃是另一种迷人的灌木，生长在清凉的溪流附近和优胜美地海拔更高的地区。晚上，我们在格里利锯木场上方几公里的地方扎营过夜，在那里发现了盛开的加州杜鹃。它与高山杜鹃有近亲关系，异常艳丽芬芳。人人都喜欢它，不仅因为它本身，还因为它周围成荫的桤(qī)木和柳树、蕨类草甸以及欢畅的流水。

加州杜鹃
Rhododendron occidentale

我们今天还遇到了另一种针叶树——北美翠柏。它树形高大,长着暖色的黄绿色叶子,和侧柏一样呈扁羽状。它的树干是肉桂色的,成年树木的树干没有枝杈,在阳光的照耀下就像一根根立在林间的柱子,显得气势不凡,与有着帝王风范的糖松和黄松不相上下。

北美翠柏
Calocedrus decurrens

这种树对我有一种奇特的吸引力。它紧密的棕色木身和小小的鳞片状叶子都散发着清香，扁平的羽状叶片可以铺成舒适的床，用来遮挡风雨也一定很好。暴风雨来临时，要是能躲在这样一棵高贵、好客又迷人的老树下一定非常愉快：它那宽阔的枝干斜披下来就像一顶帐篷，枯枝燃起的篝火散发着清香，头顶上狂风呼啸歌唱。不过，今夜风平浪静，我们的营地也只是个牧羊营地。

　　我们现在靠近默塞德河的北岔口。夜风在讲述山上的奇观：冰雪的泉眼和花园、森林和树丛，就连山上的地形状况，夜风也透过音调娓娓道来。如今，平原上的尘埃已经在我们脚下，星星就像夜空中永不凋谢的百合，无比灿烂。塔状的松树排列成墙，装饰着地平线，每一棵树都和谐相连，就像清晰的符号，仿佛用阳光书写的神圣的象形文字。我要是能读懂它们该多好！流过营地的溪流穿过蕨类、百合和桤木，奏出悦耳的音乐，而天边成排的松林则是眼中更为动人的旋律。

　　这里的一切都美得圣洁。我只靠面包和水就可以在这里永远待下去，不会感到孤独。尽管相隔万水千山，但随着我对万物爱得越深，我与亲朋友邻的距离反而更近了。

6月7日

羊儿们昨晚病了,很多羊到现在还没康复,没办法继续上路了。它们不停地咳嗽、呻吟,悲惨又可怜。这一切都是因为吃了那些该死的杜鹃花,至少牧羊人和"堂吉诃德"是这么说的。自从离开平原后,这些饥肠辘辘的羊就没怎么吃过草,所以看到任何绿色的东西都要去啃。牧羊人把杜鹃花称为"羊毒草",他们纳闷上天创造这东西是出于何种心理。

我们在书中读到,在过去的美好时光里,养羊被认为是一种高尚的事业,如今它却变得盲目而堕落。加州的牧场主一心想要发财,通常也能够如愿以偿,因为这里气候如此宜人,既不需要储备冬季粮草,也不需要搭建羊棚或谷仓,牧场不需要任何费用。因此,养一大群羊只需要很少的花费,却能获得很大的利润。据说,投资的钱每隔一年,回报就能翻一番。这种迅速获得的财富通常会导致更多的欲望。羊毛遮住了这些可怜的家伙们的眼睛,几乎将所有重要的东西都变得暗淡而模糊。

至于牧羊人,他们的情况则更糟——特别是冬天独自住在小木屋里时。尽管他们偶尔也会做做白日梦,幻想有朝一日拥有自己的羊群,摇身变得和他们的老板一样富有,但实际上牧羊人的生活可能会越过越差,很少能够享受到拥有羊群的尊严和益处——或者是坏处。

就他们的情况而言,堕落的原因是显而易见的。

他们一年到头孤身一人，这种孤独对大多数人来说是难以忍受的。他们的工作不太需要动脑，也很少有读书这样的消遣。晚上一身疲惫地回到昏暗的茅屋，昏昏沉沉，找不到任何东西能在他们的生活和宇宙之间保持平衡。他们整天百无聊赖地跟在羊群身后，一直熬到吃晚饭的时候，可晚饭通常也只是敷衍了事，手边有什么就应付一下。没有烤面包，就在没洗过的煎锅里摊几块脏兮兮的面饼，煮一点儿茶，或许再煎几条不新鲜的培根。小木屋里通常会有干桃子或干苹果，但他们不愿意费事去做，于是吞下培根和面饼，就靠着烟草的麻醉感消磨时光。到了上床的时候，经常连白天的衣服都懒得脱掉。这样的生活当然会损害健康，影响心智。成年累月地孤身一人，他们最终会变得半疯，甚至彻底丧失理智。

在苏格兰，牧羊人很少想去从事牧羊人之外的职业。大概是因为流淌着牧羊人的血液，他们和牧羊犬一样，继承了对这个职业的热爱和天赋。他们只需要照顾一小群羊，可以经常见到家人和邻居，天气好的时候还有时间阅读，他们经常带着书去放牧，与书中的王公聊上几句。我读到过，东方的牧羊人能叫出每只羊的名字，而羊们也认识他的声音，会跟着他走。羊群的规模很小，容易管理，所以他们才能在山上吹笛子，才能有闲情阅读和思考。

然而，不管别的时代、别的国家的牧羊文化多么幸福，据我的所见所闻，加州牧羊人的神志大都不太清醒。在大自然所有的声音中，咩咩声是他们唯一能听到的声音。即使是土狼的号叫声，如果用心倾听，也可能发现美好，但他们只能通过羊肉和羊毛听到咩咩声，再美好的自然之声对他们也毫无用处。

　　生病的羊渐渐好了起来，牧羊人正在滔滔不绝地讲着高山牧场里潜伏的各种毒物——杜鹃花、山月桂和土壤里的碱。穿过默塞德河的北岔口，我们左转向着派勒特峰进发。在一段岩石满布、灌木丛生的山脊上爬了很长一段路后，我们终于来到了布朗平原。自从离开平原以来，羊群在这里第一次享受到了丰盛的青草。德莱尼先生打算在附近找一处长期营地，待上几个星期。

　　中午之前，我们穿过鲍尔岩洞。那是一座美妙的大理石宫殿，既不阴暗也不潮湿，阳光从南面宽敞的洞口倾泻而入，里面一片光明。洞内有一泓美丽而清澈的深潭，遍布青苔的岸上环绕着阔叶枫。

　　这一切都位于地下，即便在大部分地区都洞穴密布的肯塔基州，我也没见过这样的景象。这一奇特的地下景观位于一条大理石带上，据说从山脉的北端一直延伸到最南端。这条带上还有很多洞穴，但据我所知，没有一个像鲍尔岩洞一样，既有户外的阳光和植被，又有地下世界的晶莹剔透之美。

　　一个法国人宣称自己是这里的主人，他修建栅栏，挂上大锁，在潭中放了一条小船，还在遍布青苔的岸边的枫树下放了一些座椅，收取一美元的门票。由于处在一条通往优胜美地山谷的路线上，夏天的旅行季里会有

不少游客前来，把这里当作优胜美地之旅一个有趣的附加景点。

毒栎既能长成灌木，也能沿着树木和岩石攀爬，从山麓地带到海拔至少900米的范围内都很常见。

对大多数旅行者来说，它有点讨厌，会使皮肤和眼睛发炎，不过它却能与周围的植物和谐共处，许多迷人的花朵都放心地靠在它身上，寻求保护和荫蔽。我经常会发现奇异的红蛇韭毫不畏惧地攀附在毒栎的枝条上，与之相处得相当友好。绵羊吃了毒栎没有明显的不良反应，马也差不多——尽管它们不喜欢那种味道。对很多人来说，毒栎同样无害。和大部分对人类没有明显用处的东西一样，毒栎不怎么招人待见，人们总是不断地质疑："造物主为什么要创造它？"他们却不明白，它首先是为了自己而生。

布朗平原是一座肥沃的浅谷，位于默塞德河北岔口和公牛溪的分水岭上，俯瞰着四面八方的壮丽风景。探险先驱大卫·布朗曾在这里驻扎多年，把时间花在淘金和猎熊上。对孤独的猎人来说，还有比这里更好的隐居之所吗？丛林冒险，岩中黄金，空气清新愉快，无论何种天气，多彩的天空和变幻的云朵都令人振奋。

和大多数探险先驱一样，老大卫非常务实，不过他对风景却有非同寻常的热爱。熟悉他的德莱尼先生告诉我，老大卫特别喜欢爬上高高的山脊，眺望茫茫的森林、白雪覆盖的山峰与河流的源头，然后凝望着前方的山谷和峡谷，通过小屋上升起的炊烟和篝火、斧凿的声音等迹象，判断哪些地方正有工人采矿，哪些地方已经废弃。听到枪声时，他能猜出开枪的是印第安人还是侵入他广阔领地的偷猎者。

一只叫桑迪的狗一直跟着大卫,这个毛茸茸的小登山家懂得并且热爱自己的主人以及主人的目标。猎鹿时,它的工作不多,只需跟在主人后面,慢慢地穿过树林,小心地避免踩到枯枝,同时仔细观察灌木丛中的空地,那是清晨和日落时野鹿喜欢觅食的地方。每到一个新的瞭望点,它都会谨慎地观察山脊和溪岸边的草地。

不过等到猎熊时,小桑迪的作用就更重要了,而让大卫名声大噪的也正是猎熊。

德莱尼先生曾在孤独的小木屋里与大卫共度过许多夜晚,知道他的很多故事。据德莱尼先生说,大卫的猎熊方式很简单,只需带上狗、来复枪和几磅面粉,悄无声息地慢慢穿行在熊喜欢出没的地方,一旦发现新留下的踪迹就穷追不舍,不管需要多少时间。熊去到哪里,他就会跟到哪里,而小桑迪负责在前面引路,它的鼻子灵敏,就算再崎岖的山路也不会跟丢。每当到了高处的开阔地带,大卫就会将熊最有可能出没的区域仔细检查一遍。

根据季节的不同,猎人可以大致判断出熊经常出没的地点——春季和初夏,它们要么在溪岸边的空地和泥土松软的地方享用青草、苜蓿(mù xu)和羽扇豆,要么在干爽的草地上大嚼草莓;到了夏末,它们喜欢爬上干燥的山脊,享用熊果的莓果——吃莓果时,它们会蹲坐在地上,用爪子拉下满是果实的树枝,将它们拢在一起,不管有多少枝叶混杂其中,全都一起狼吞虎咽下去;在秋天的小阳春时节,它们会跑到松树下,啃食松鼠留下的松果,偶尔也会爬到树上,咬断或折断结满球果的树枝；到了深秋，橡子成熟时，熊最喜欢的觅食地是位于峡谷平原上公园一般的加利福尼亚橡树林。

精明的猎人总能知道到哪里去找熊，而熊也很少会毫无防备。当热乎乎的气息表明猎物就在附近时，猎人会长时间地停住不动，从容不迫地扫视周围的地势和植被，确定那位毛茸茸的"流浪汉"身在何处，至少也要确定它最有可能的藏身之所。

猎人说："任何时候，只要在熊发现我之前先看到它，干掉它就没有任何问题。我只需要研究地形，不管绕多远，始终沿着下风口走，走到距它几百米的地方，在一棵树下停下来。那棵树必须是我可以轻易爬上去，但对熊来说却是太细而无法攀爬的。之后，我查看来复枪的状况，把靴子脱掉以便必要时爬树，只待熊转过身，清楚地出现在视野中，确保至少有把握开枪。万一熊要打斗，我就爬到它够不到的树上。不过熊的动作慢，视力也不好，只要我在下风口，它就嗅不到我的气味，经常在它注意到硝烟之前，我就开了第二枪。不过，熊受伤后通常会逃跑，躲到灌木丛中。我会由着它跑上一段时间再去追击。很多时候，桑迪会发现它已经死了。如果还没死，桑迪就会吠叫着吸引它的注意力，有时还会冲上去咬两口，让熊分心，这样我就能在安全距离内将熊一枪毙命。哦，是的，只要遵循正确的方式，猎熊就很安全，不过和其他事情一样，也会出现意外。我和桑迪就遇到过几次险情。熊通常会避开人，但如果是一只年迈、瘦弱、饿着肚子，还带着幼崽的母熊，碰到闯入地盘的人——根据我的经验，它会把这个人抓住并吃掉。这也算公平吧，毕竟我们也吃熊。但据我所知，这一带还没有谁被熊吃掉过。"

在我们到达之前，大卫已经离开了他山上的家，不过还有挺多印第安人住在平原边上用雪松树皮搭建的小屋里。他们最初就是受到这位白人猎手的吸引才来这里定居的。他们尊敬他，希望从他那里得到指导和保护，对抗他们的敌人——帕乌特印第安人。有时，帕乌特印第安人会从山脉东侧发起突袭，掠夺相对弱小的印第安人，抢走他们的物资，掳走他们的妻子。

第二章

默塞德河北岔口的营地

春天欢欣鼓舞地创造着新的生命、
新的美丽,
一切仿佛都在盛开,
在光辉灿烂的繁茂中盛开。

6月8日

现在,羊群吃饱了青草,再次变得温顺。它们一路上边走边吃,慢悠悠地下到派勒特峰脚下默塞德河北岔口的河谷。在这里,"堂吉诃德"选定了我们的第一个大本营。那是一个由山坡围成的漏斗形山谷,位于河流的转弯处,风景如画。我们在河岸的树荫下支起架子,放置餐具和补给品,还依照个人喜好,用蕨叶、雪松叶和各种花朵铺好床铺,最后在空旷的平地上为羊群搭起畜栏。

6月9日

昨夜的酣眠多么深沉。我们置身于群山之中,在林木和星空下,伴着瀑布庄严的轰鸣和声声舒缓而甜蜜的低语安眠。这也是我们真正在山中度过的第一天,温暖、平静、万里无云——世界是多么广袤无垠,多么宁静狂野!我几乎记不起这一天是怎么开始的。沿着河流、越过山丘，在大地上、在天空中，春天欢欣鼓舞地创造着新的生命、新的美丽，一切仿佛都在盛开，在光辉灿烂的繁茂中盛开——巢中的雏鸟，刚学会展翅的飞鸟，还有新吐的嫩叶，初绽的鲜花，生命四处铺展、闪耀，一派欢腾。

营地周围有茂密的树木，为蕨类植物和百合花提供了充足的荫蔽。河岸边，阳光洒满大地，唤醒了花花草草，到处生机勃勃：高高的雀麦摇曳如竹，星星点点的狼薄荷、蝶百合、羽扇豆、吉莉草、紫罗兰都是愉快的光之子。每片蕨类植物的叶子很快就会展开。河岸边，凤尾蕨和狗脊蕨铺成一片；向阳的岩石上，峭壁蕨和碎米蕨长成花环和花冠。有些狗脊蕨的叶子已经长到近2米高。

蒿（hāo）叶梅是一种漂亮的蔷薇科小灌木，在糖松下铺成一张黄绿色的地毯，绵延数公里，不与其他植物混生。只有零星的华盛顿百合偶尔从"地毯"平整的表面冒出头来，或有一两束高高的雀麦点缀其中。

这种灌木丛如同精美的地毯，在海拔760—900米处开始出现。它们的高度齐膝或略低，枝条呈棕色，最粗的茎干直径仅有1.3厘米。浅浅的黄绿色叶片呈精致的三瓣羽状，看上去很像蕨类。叶片上散布的微小腺体会分泌出具有独特芳香的蜡质，与松树的辛香相得益彰。花朵是白色的，直径约1.6厘米，与草莓花相似。

我很喜欢这种小灌木，它是这个地区唯一一种真正的毯状灌木。熊果、美洲茶和大部分美洲茶属植物都只是蓬乱的毛毡，边缘参差不齐，而非如此平整的地毯。

也许是群山围得太紧，羊群并不怎么喜欢它们的新牧场，无法全心放松。昨晚它们饱受惊吓，可能是有熊或土狼在附近出没，想来上一顿羊肉大餐。

6月10日

天气颇为温暖。

我们从一道瀑布脚下的石潭取水，那里风景明媚，潭水激荡活泼，但又没有卷出浑浊的水沫。这里的岩石是黑色的变质板岩，被水流冲刷成光滑的圆石。灰白相间的瀑布闪闪发光，飞流直下，如同一张蕾丝被单，最后编织成激荡的水流，与黑色岩石形成鲜明的对比。

露出水面的圆石上长着一丛丛莎草，有一种迷人的效果。富有弹性的修长叶片以曼妙的弧线垂向四方，最长的叶尖能够触到水面，在被圆石分割的水流上画出更为雅致的线条，为欢乐的溪流增添美丽。

在一些岛屿般的岩石上还长着高大的虎耳草，它们牢牢地扎根在岩石上，炫耀着雨伞般的宽圆叶片。它们有的独自生长，有的覆盖在莎草上。这种虎耳草的花是紫色的，高挑的花盛开后才长出叶子。肉质根茎紧紧地抓住岩石裂缝和空隙，这使它能够承受住偶尔发生的洪水。大自然以这样一个耀眼的物种，将这条清凉的溪流上

虎耳草
Saxifraga peltata

最有情趣的部分装点得更加美丽。

靠近营地的地方,两岸的树木枝条横亘在河面上,形成一条绿色的拱形隧道。柔和的光线透过来,年轻的河流在隧道中歌唱着、闪耀着,宛若快乐的生灵。

正午时分,内华达山脉高处传来几声雷鸣,松林后面升起大片厚重的白色积雨云。

6月11日

在默塞德河东侧的一条支流上，我发现了几处迷人的小瀑布，每道瀑布下方都形成了一个水潭。白色的水流奔涌着，岩石上优雅地斜倚着几丛灌木和苔属植物，大丛硕大的橙色百合花华丽地开在水潭边肥沃的土地上。

营地附近没有广阔的草地或草原，无法为我们这上千只忙着啃草的绵羊长期供应牧草。羊群主要依靠山上的美洲茶林、四处分布的草地，以及在阳光充足的空地上长在花丛中的羽扇豆和豌豆藤作为补给。大片的草地已经被啃光，或者差不多啃光了，这群饥肠辘辘的可怜绵羊只好跑到更远的地方觅食，牧羊人和牧羊犬拼命奔跑才能把它们赶在一起。德莱尼先生已经带着印第安人和中国人返回平原，说让羊群留在附近等他回来，他不会耽搁太久。

天气真好！我想象中的天堂也不过如此。

风是那么轻柔，这些宁静的气流简直不该被称作风。它们更像是大自然的呼吸，在万物的耳边柔声低语。

营地所在的小山谷里，树顶纹丝不动，大多数时候叶片也一动不动。我甚至没有看到一朵摇曳的百合，尽管它们的花梗如此修长，一缕微风都能把它们摇动。这些百合的钟形花朵太神气了！有些大得能给小孩当帽子。我一直在为它们画素描，恨不得能画出每一片宽大闪亮的轮状叶片和每一片有斑点装饰的卷曲花瓣。我无法想象有比这更美丽、规整的花园了。

这种花叫豹纹百合，高约 1.5－1.8 米，轮状叶片宽约 30 厘米，花朵直径约 15 厘米，呈亮橘色，花喉内侧有紫色斑点，花瓣外翻，实在是一种华丽的植物。

豹纹百合
Lilium pardalinum

6月12日

  飘下一场小雨，豆大的雨点稀稀落落、噼噼啪啪地打在叶片上、石头上和花朵张开的嘴里。

  积雨云从东方升起，珍珠色的云朵美丽至极，与下方隆起的岩石相得益彰。这些云朵就像天空中的山脉，外观坚实，雕刻精细，呈现万千地貌。我从未见过形态和质感都如此壮观的云。

  几乎每天临近中午时，它们都会明显地膨胀升起，仿佛正在创造一个新的世界。它们在花田和森林的上空深情地盘旋，用清凉的阴影和雨露让每一片花瓣和叶子都健康愉悦地生长。我们大可以把云朵也想象成植物，它们沐浴在阳光下，在天空的旷野上茁壮成长，每时每刻都在变得更加美丽，直到绽放之时，洒下雨水和冰雹，就像洒下浆果和种子，随后慢慢地凋谢和枯萎。

  金杯栎生长在这里以及往上300米或更高的地方，无论是它的外观——它的叶片、树皮和巨大的分枝，还是坚硬、多瘤、不易劈开的木质，都和佛罗里达的金杯栎很像。金杯栎独自生长，拥有足够的伸展空间。最大的金杯栎，树干在靠近地面处的直径约为2—2.4米，高约18米，树冠的宽度与树高相当甚至更宽。树叶小巧，没有分叉，大部分没有齿状或波浪状边缘，只有部分嫩叶会有锋利的锯齿，在一棵树上可以同时找到这两种形态的叶子。它的橡实中等大小，杯斗部分较浅；橡壳很厚，覆盖着一层细细的金色绒毛。有些金杯栎几乎没有主干，从地表就开始分成粗壮且四下伸展的分枝，这些分枝又不断分叉,最后形成长而下垂、呈绳索状的细枝,很多几乎垂到地面。闪闪发亮的短小枝叶形成一个浓密的圆形树冠,在阳光的照耀下看起来就像一朵积雨云。

营地附近炎热的山坡上生长着一种引人注目的植物——罂(yīng)粟木,它是我在旅途中见过的唯一一种罂粟科木本植物。它的花朵是明亮的橘黄色,2.5—5 厘米宽,果荚 7.6—10 厘米长,纤细弯曲。整株灌木的高度约 1.2 米,由许多从根部伸出的细长而笔直的枝条组成,常与熊果和其他喜阳灌木混生。

罂粟木
Dendromecon rigida

6月13日

又在山间度过了灿烂的一天,人仿佛与自然融为一体,只有脉搏依旧跳动着奔向未知之地。生命不再有长短之分,我们与树木和星辰一样,不再留意时间,不再行色匆匆。这是真正的自由,是可实现的不朽。远处,白色的天幕再次升起。光滑的白色穹顶上清晰地映出黄松的尖顶和糖松掌状的树冠。听!惊雷轰响,滚过层层山脊,大雨如约而至。

许多平原上的草本植物也在山间生长,但比平原上晚了两个月,如今正值花期。今天我见到了一些耧(lóu)斗菜。大部分蕨类植物都处于盛年——旱米蕨、峭壁蕨、红毛裸蕨等岩石蕨类生长在向阳的山坡上,狗脊蕨、耳蕨、岩蕨生长在溪岸边,普通的凤尾蕨则生长在沙滩上。凤尾蕨很常见,在这里却展示出更强健的活力,那种生机勃勃之美一定会让植物学家赞叹不已。我测量了一些刚发育完全的凤尾蕨,高度已经超过两米。

尽管凤尾蕨是蕨类中最为常见、分布最广的一种,但我几乎可以断言,眼前的景象是我从未见过的。它们宽阔的叶片高高地挂在光滑而粗壮的枝干上,紧靠在一起,斜织交错成完整的篷。人们可以在下方昂首阔步地行走几公里而不被发现,就像在屋顶下行走。透过这个有生命的篷,光线柔和地映照出叶片拱形的叶梗和叶脉,宛若无数浅绿色和浅黄色的彩绘玻璃精巧地镶嵌在窗棂中间——最平凡的蕨类植物却能营造出如此仙境。

在蕨类植物间，小动物四处游荡，就像在热带森林里。我看到整个羊群在蕨丛的一侧消失，又在几百米外的另一侧出现，只有树叶的颤抖暴露出它们的行踪。奇怪的是，羊群很少会撞断这些粗壮的茎。

我在那片最高的蕨叶下坐了好一阵，享受着野生树叶带来的阴凉——以前我从未有过如此印象深刻的体验。只要把一片蕨叶挡在头上，就能把世俗的烦恼抛到九霄云外，取而代之的是自由、美丽与宁静。山顶有一棵孤松舞动，仿佛大自然手中的魔杖，每一位虔诚的登山者都深知它的伟力。但苏格兰人口中的蕨类，它们在寂静山谷中的惊人之美，又有哪位诗人歌颂过？一个人无论多么铁石心肠，也逃脱不了这片神圣的蕨类森林的影响。

不过，就在今天，我看见一个牧羊人穿过一片最美的蕨林，却像他的羊群一样无动于衷。"你觉得这些巨大的蕨类怎么样？"我问。"哦，就是些……挡路的障碍物。"他回答。

这里生活着许多性情、种类和颜色各异的蜥蜴，似乎和鸟儿与松鼠一样快乐友善。这些卑微、温和的家伙，沐浴在阳光下，尽力生存。我喜欢观察它们工作和嬉戏。它们很好相处，越是盯着它们天真美丽的眼睛，我就越喜欢它们。它们易于驯服，着实惹人怜爱。它们在炽热的岩石上飞跑时，就像蜻蜓一样迅捷，人的眼睛几乎跟不上。但它们无法跑太远，通常只跑3—3.7米就会倏然停下，接着突然再次拔腿，整个过程就是这样飞快起跑又猛然停下的节奏。我发现，它们中途频繁停顿是必要的休息，因为它们的气息短促，如果遭到不停追赶，很快就会上气不接下气，可怜地喘着气，很容易被逮到。

它们的尾巴占据了身体的大半，但控制得很好，既不会笨重地拖在身后，也不会向上翘起。相反，尾巴仿佛有自己的意志，能轻盈地跟随身体移动。

有些蜥蜴的颜色像天空般湛蓝，像蓝知更鸟般明亮，有些则和长了地衣的岩石一样灰暗，它们在那些岩石上捕食和晒太阳。

平原上的角蟾（chán）同样温和无害，那些类蛇的种类也是如此。它们像蛇一般蜿蜒滑行，拖着小小的、发育不全的四肢，就像无用的附属品。我仔细观察过一只35厘米长的蜥蜴，软弱的四肢发芽似的冒出来，却毫无用处，滑行时就像蛇一般柔软、狡猾、从容、优雅。

这时，一个灰头土脸的小家伙跑过来，它似乎认识我、信任我，在我脚边跑，还狡黠（xiá）地抬头盯着我。卡洛也盯着蜥蜴，大概是出于好玩，它突然跳起来扑过去。小蜥蜴如离弦之箭般弹射出去，安全地躲到灌木丛里。

温顺的蜥蜴——古老而强大的龙的后代——愿你们的美德为世人所知！因为至今很少有人知道，披在你们身上的鳞片可以像羽毛、头发或衣服一样柔软美丽。

在并不遥远的地质年代，这里生活着乳齿象和大象。矿工们在淘洗金沙时经常能发现它们的遗骨。如今，这里生活着至少两种熊，除了加州狮和豹子，这里还有山猫、狼、狐狸、蛇、蝎子、黄蜂和狼蛛。

不过，人们有时会将一种野蛮的黑蚂蚁视为这片辽阔山地的主宰。这些小恶鬼无所畏惧、躁动不安，整日四处游荡，虽然只有6毫米长，却比我所知道的任何野兽都更喜欢攻击和撕咬。

据我观察，它们经常毫无来由地攻击蚁穴附近的一切生物。它们的下颚弯曲如冰钩，占据了身体的大部分。为这些武器寻找用武之地，似乎是它们的主要目标和乐趣。

它们的蚁穴大都在有些腐烂或中空的金杯栎内，那里方便建巢。选择那些地方，可能是因为坚固的金杯栎能够抵御动物的攻击与风暴的侵袭。它们不分昼夜地工作，爬进阴暗的洞穴，攀上高高的树木，在凉爽的峡谷和炎热无荫的山脊上漫游、狩猎。它们的足迹遍布大路和小径，只有水里和天上例外。

从山麓地带到海拔1600米左右的地方，任何会动的东西都逃不过它们的感知，警报能在极短时间内传开，而我们却听不到任何吼叫和呼喊。我不明白它们为何如此凶猛好战，似乎无法用常理去解释。它们有时无疑是为了保卫家园而战，但它们只要发现能咬的东西，无论何时何地都会发起攻击。一旦发现人或动物身上的弱点，它们就会张开下颚咬下去，哪怕身体被撕裂也绝不松口，反而咬得更深，至死方休。每当我凝视这种分布广泛、生性好斗的凶猛动物，就深感想以和平与爱统治世界，还有很长的路要走。

几分钟前，在回营地的路上，我路过一棵直径近3米的枯松。它从头到脚都被大火吞噬过，如今看起来就像一根黑色石柱，像纪念碑一般耸立。在这高贵的柱体上，一群黑色的大蚂蚁已经建立了巢穴，它们辛勤地在或完好或腐朽的木头上挖掘隧道和蚁室。从树下堆积如山的木屑判断，整个树干内部都已形同蜂巢。

与它们矮小、好斗、气味浓烈的同胞相比，这种大蚂蚁看起来更聪明，也更有礼貌，尽管必要时也会迅速投入战斗。

它们把城市建立在倒下的树干或屹立的枯木内，但从不建在坚固的活树里和地下。若你刚好在蚁穴附近坐下休息或做笔记，那些巡逻的猎手肯定会发现你，它们会警觉地上前探查入侵者的性质，找出应对的措施。

如果你没有过于靠近蚁穴，而且一动不动，它们可能会在你的脚上爬几个来回，爬到你的腿上、手上、脸上、裤子上，好像在测量你的尺寸并进行全面的评估，之后就平静地离去，不发出警报。然而，如果你身上有引起它们兴趣的地方，或者有可疑的举动刺激到它们，它们马上就会咬你一口。这一口可不是闹着玩的！我想，就算被熊或狼咬也无法与之相比。一阵火辣辣的疼痛如电流般沿着受刺激的神经传来，你将第一次发现，自己感知痛觉的神经竟会如此敏锐。当你从突如其来的痛苦中回过神来，你会发出一声尖叫，一把抓起那个咬人的家伙，疑惑地盯着它。所幸，只要小心谨慎，一辈子最多被咬一两次。

这种简直像能放电一般的蚂蚁长约2厘米，是熊最喜欢的食物。熊会把它们的巢穴撕咬得粉碎，然后把蚁卵、幼虫、雄蚁、蚁后，连同蚁穴所在的或腐烂或完好的木头一股脑儿地吞下去，当成一顿酸酸辣辣的大餐。

老一辈的登山者告诉我，印第安人也喜欢吃蚂蚁的幼虫，甚至是成虫。他们会咬掉蚁头，然后津津有味地享用酸酸的蚁身。所谓"咬人者亦被人咬"——在这世界大家庭里，所有咬人的动物，无论大小，概未能逃过这样的宿命。

这里还有一种漂亮、轻快、看起来颇为聪明的红蚂蚁，大小介于上述两者之间。它们住在地下，以种壳、树叶、稻草等物覆盖蚁穴。它们的食物似乎以昆虫、叶子、种子和树液为主。大自然要填饱多少张嘴啊！我们有多少邻居，对它们的了解和互动又是何等稀少！再想想看，还有无数更小的生命，小到几乎看不见，与它们相比，最小的蚂蚁都像乳齿象一样巨大。

6月14日

附近的瀑布飞泻而下形成水潭。潭水清澈，没有碎石。大块石头被瀑布甩出后，在水潭不远处堆积成坝。在侵蚀作用下，水潭不断扩大。不过到了春汛时节，情况会突然发生变化。那时冰雪消融，上游支流会咆哮而下。那些早先落入河道的大圆石难以被冬夏两季的水流推动，如今却像被一把威力巨大的扫帚扫下瀑布，跌入水潭，与原有的石坝一起形成一道新坝。那些体积较小的圆石则被溪流冲到更下游处，依照大小和形状，散落到水流的冲力小于自身阻力的地方。

不过，使瀑布、水潭和石坝之间的关系发生最大改变的并不是春汛，而是突发性的大洪水。从那些生长在洪水留下的沉积岩上的树木可以看出，上一次大洪水发生在一个多世纪以前。它唤醒了一切可以移动之物，它们在洪流中旋转舞蹈，奔赴一段美妙的旅程。这样的大洪水可能发生在夏季，被称为"云暴"的大雷雨落在宽阔、陡峭的溪流盆地上，这些盆地因河道汇聚而沟壑纵横。水流突然聚集到主河道上，形成了强大的搬运能力，哪怕仅是匆匆流过。

其中一块远古洪水带来的巨石稳稳立在河道中间，就在离我们营地最近的瀑布脚下的池坝下沿处。这是一块近似立方体的花岗岩，高约 2.4 米，顶部和两侧的日常水位线以上长满苔藓。

今天我攀上巨石，躺下来休息，发现这里是我迄今找到过的最浪漫的地方——顶部平坦且布满青苔、两侧光滑的巨石，如祭坛一般稳固、坚定、孤独地立在那里。

前面的瀑布扬起细腻的水雾，轻柔地洒在上面，刚好使苔藓层保持新鲜；下面的水潭清澈碧绿，泡沫纷飞；岸边围成半圈的百合花，像一群仰慕者微微颔首。盛开的山茱萸和赤杨树搭成拱形的绿荫，细密的枝叶筛下阳光，斑斑点点。半透明的绿荫穹顶下是多么清凉宜人、安宁惬意，溪水的乐声又是多么悦耳——瀑布的深沉低音、浪花的水声潺潺，还有水流滑过巨石一侧的千万种低声细语。在无数小石头的映衬下，闪亮的溪水穿过蕨叶纷纷的水道。每一种声音都近在咫尺，一切都像发生在一个安静的房间里。

天黑后，营地安静下来，我摸索着回到祭坛般的巨石处，在溪水上，在树叶和星辰间度过一夜。万物似乎比在白天时更令人印象深刻，依稀可见的白色瀑布以庄严的热情唱起大自然的古老情歌，星光从叶幕间漏下来，仿佛在与白浪唱和。这珍贵的一夜，这难忘的一天，将永远陪伴我。感谢自然，给予我这份不朽的馈赠。

6月15日

又是一个令人振奋的早晨。长长的山坡上，阳光倾泻而下，为苏醒的松树镀上一层金光，让每根松针都欢欣鼓舞，让每个生命都充满喜悦。知更鸟在赤杨树和枫树林中歌唱。在这片幸福的大陆上，这首古老的歌谣为无数个季节带来了欢乐和甜蜜。在这座山谷里，它们就像在农家果园中一样自在。布洛克黄鹂和路易斯安那黄雀也在这里，还有许多林莺和其他游吟诗人般的小山鸟，大部分鸟儿现在正忙着筑巢。

我发现了一棵直径约2米的金杯栎，一棵直径2.1米的花旗松，还有一株红蛇韭，茎有2.4米长，开着60朵玫瑰色的花。

糖松的球果呈圆柱状，顶部略尖，底部浑圆。今天我发现了一颗长约60厘米，直径约15厘米，鳞片开裂的球果；另外一颗球果长约48厘米。如果环境适宜，成熟球果的平均长度约为46厘米。在海拔约762米的植被带下缘，球果的个头略小，大约30—38厘米长，从海拔约2100米到靠近其生长海拔上限的地方——优胜美地地区，它们也差不多是这个尺寸。

  这种高贵的树种值得无穷无尽的研究，令人乐此不疲。它拥有流苏状的硕大球果，正圆柱形的主干高达 30 余米且没有枝杈，有优雅的紫色树皮，下垂的羽毛状枝条华丽地向外伸展，形成一顶王冠，任何时候都那么引人注目、令人振奋——这一切都令我百看不厌。

糖松的球果
Pinus lambertiana's cone

从习性和整体形态上看，糖松有点像棕榈，但我从未见过外形和举止如此雍容的棕榈。在阳光下，它们静默思考；在暴风中，它们清醒舞动，每一根松针都随之震颤。

年幼的糖松和大多数针叶树一样挺拔规整，直至50—100岁时才长成独特的样貌，因此没有两棵处于盛年或晚年的糖松是一样的。每棵树都值得特别的赞叹。我画了很多素描，遗憾的是无法画出每根松针。

据说，糖松能长到90多米高，但我测量过的最高一棵要比这低将近2米。我量过的最大的一棵糖松，在近地处的直径约为3米，而我听说过有些糖松可以长到3.7—4.6米粗。树干的直径上下相当，粗细的渐变极难察觉。

旁边的黄松也差不多高大。年轻树木长着银色长叶，在嫩枝顶端和上翘的树梢处聚成壮观的圆锥形刷子。当风把针叶吹到某个角度时，每棵树都会变成一座白光跳荡的太阳火塔。这种闪亮亮的树种真该被称为银松。它的松针有时会超过30厘米，几乎和佛罗里达的长叶松一样。

尽管黄松与糖松的大小相当，前者的粗犷强韧度似乎还更胜一筹，但它的习性和外形却远不如糖松那么引人注目。它长着传统、规整的尖塔形树冠，球果相对较小，僵硬地挤在松针间。要是没有糖松，黄松必然可以在世界上八九十种松树中称王，成为最耀眼的明星，受到万木敬仰。就算只是机械的雕塑，它们也会是高贵的事物。每一丝纤维、每一个细胞、每一根灿烂发光的银针都悸动、战栗，洋溢着生命力，就像植物王国中的神祇，在上天的注视下巍然屹立千百年，被一代又一代人注视、爱戴、崇敬。

在这里和更高的地方，还生长着很多闪闪发光、富含树脂的喜阳树种——羽杉、花旗松、银杉、红豆杉。在这片群山里，在我们目之所及的山林牧场中，我们继承的财富是多么丰富。

日落时分，西边的天空一片绚烂，沐浴在霞光中的万物都变了模样。远处的派勒特峰上，辉煌的树木静静肃立，若有所思地接受夕阳的告别，庄严肃穆的气氛仿佛要与太阳永别。日光消逝，打破霞光的魔咒。星空下，晚风中，森林自由地呼吸。

6月16日

早上，一个从布朗平原来的印第安人在我们毫无察觉的情况下闯入营地。我当时正坐在一块石头上，翻看笔记和素描，偶然抬头，被吓了一跳。他默不作声、面无表情地站在离我几步远的地方，一动不动，风尘仆仆，就像一根已经在那里伫立了几个世纪的老木桩。

印第安人似乎都有这种走路无声无息的能耐，能隐去自己的行踪，就像我在这里观察到的某种蜘蛛。在发生危险时，例如鸟儿落在它们结网的灌木丛上，这种蜘蛛会立即依靠有弹性的蛛丝跳走，快得只能看到模糊的身影。即使在几乎无处藏身的地方，印第安人

也有躲避侦查的能力。这大概是在艰苦的狩猎和战斗中慢慢习得的——他们努力接近猎物、突袭敌人，或在被迫撤退时全身而退。这种代代相传的经验，最终成为他们所谓的本能。

营地周围，群山看上去如此平缓，没有一点儿变化。在羊群活动范围之外，就连小径都很难见到，只有溪水旁和森林稀疏之处才有小片裸露的空地。在那些最平坦的小路或者空地上，可以看到鹿的足迹，有些则可能是熊的脚印，它们与其他很多小动物的脚印一样疏疏落落，就像某种装饰性的缝线或刺绣。沿着主山脊和较大的支流，可以找到印第安人的小道，但也不像人们想象的那样明显。没人知道印第安人在这片森林里游荡了多少个世纪，也许很久很久了，远超过哥伦布踏足这片海岸的时间。

然而，奇怪的是，他们却没有留下比小道更明显的痕迹。印第安人走路很轻，对环境的影响和鸟儿、松鼠差不多。他们用树枝和树皮搭建的小屋也并不比林鼠窝维持得更久。即便是那些较为持久的建筑物，也会在几个世纪里消亡，只剩下为了扩大狩猎场而焚烧森林留下的痕迹。

这与大部分白人的行为可谓有天壤之别，尤其是在低地的淘金区——白人炸开坚硬的岩石开凿道路，在奔腾的溪水上修建水坝，然后拦截、驯服、改道河流，使之沿着峡谷和山谷一路进入矿区，让河流像奴隶一般终日劳作。溪水或是沿着高空支架流动，像踩着高跷一般越过层层山脊，或是被囚禁在铁管中，在山谷和丘陵间上下游走，将小山和山体数公里长的表层冲刷殆尽，筛出每一处含金的沟壑和平地,使之暴露无遗。

这些都是白人在狂热淘金的数年内留下的痕迹,更别提那些散落在内华达山脉两侧数百公里内的工厂、田地和村庄了。

这些痕迹需要漫长的岁月才能抹去,尽管大自然已经尽其所能。它催生树木,重整花园,扫去旧的大坝和水沟,平整沙砾和石堆,耐心地修复每一道疤痕。淘金热潮已然退去。如今,鬓毛灰白的老矿工只能四处挖掘残渣,心平气和地勉强过活。

而雷鸣般的地下爆破仍在进行,这次为的是给石英工厂提供原料。但与数年前的淘金风暴相比,对环境的破坏已然轻微许多。所幸内华达山区富含黄金的板岩主要集中在山脚。我们扎营的地区仍然相当原始,更高处的积雪就像天空一样无瑕。

昨天的云之王国里还有几座山丘和穹顶,今天则是纤云也无。日光薄而清亮,却温暖宜人。大自然的脉搏强劲地跳动,春日山间的宁静天气令人沉醉。晚上,从山顶吹下和煦的微风;白天,轻柔的微风来自大海、低地山丘和平原,有时甚至完全无风,树叶静止不动,这里的树没有多少风的故事可讲。

羊和人一样,在饥饿时不受管束。除了我看守的百合园,这些长着蹄子的蝗虫几乎吃光了营地两三公里范围内的每一片叶子,就连灌木丛也不放过。尽管有牧羊犬和牧羊人,羊群还是散落各处,消失在飞扬的尘土中。我担心有些羊跑丢了,因为十六只黑羊中有一只已不见踪影。

6月17日

早上,清点了跳出畜栏窄门的羊群数量。大约有三百只羊不见了。由于牧羊人不能离开,只好由我亲自出马去把羊寻回来。我往腰带上绑了块面包皮,和卡洛一起出发,前往派勒特峰的高坡。

尽管要费心去找那些逃跑的蠢货,但这一天过得还是相当愉快。我出去寻羊,没有空手而归。我看见地平线上出现了一道奇特的光晕,就像在极光冕(miǎn)上经常会看到的那样——淡白而稀薄,与上方的蓝天融为一体。天上只有几缕淡淡的云彩,像梳理过的丝线。

我直接来到羊群通常的活动范围附近,绕着外围寻找,终于发现这群流浪者留下的足迹。它们已经爬到山脊高处的一片开阔地带,周围环绕着树篱般的美洲茶林。卡洛知道我要找什么,急切地嗅着气味,带我找到羊。这群默不作声的家伙战战兢兢地挤在一起,显然已经待了一晚上加一个上午,怕得不敢出去吃草。它们就和有些人一样,挣脱束缚后又害怕起自由,不知道该做什么,似乎很高兴回到过去熟悉的束缚中。

6月18日

又是振奋的一天,世上再没有比这更美好的日子了。我听到的读到的所有关于天堂的描述也不及它的一半美妙。正午时分,云朵只占天空的百分之五,在蔚蓝的天空中勾勒出一抹淡淡的白色薄雾。

在这群蝗虫般的绵羊尚未涉足的山脊高处和山顶上,长满了狼薄荷、克拉花、金鸡菊和高大的丛生草,其中一些草高到能像松树一样随风摇摆。许多难以辨别种类的羽扇豆大都过了花期,各种野花也开始凋零,它们摘掉了光彩照人的花冠,只剩下毛茸茸的冠毛,就像一颗颗薄雾中的星星。

今天又有一位来自布朗平原的访客——一位背着筐的印第安老妇。她和上一位村里来的访客一样,无声无息地进入营地,我们发现时她已经走到眼前。

我不知道她静静地观察了我们多久,连狗都没有注意到她的行踪。我猜她是要去某个野生花田,采集羽扇豆、富含淀粉的虎耳草叶和植物根茎。

她穿着破旧的印花布衣,显得脏兮兮的。虽然和大自然里的动物一样靠着荒野的慷慨生活,可她的外表却不如皮毛靓丽的动物干净。真奇怪,只有人类会显得肮脏。假设她穿着兽皮,或是用草和碎树皮织成的布衣,比如刺柏或甜柏树皮织成的披肩,那么她看起来至少与荒野融为一体——像一只狼或一只熊。

不过在我看来,这些遭受歧视的印第安同胞,并没有比我们见到的那些光鲜亮丽、吓跑鸟儿和松鼠的游客更贴近自然。

6月19日

整天都阳光明媚。映着叶影的岩石美丽极了！金杯栎的叶影尤其清晰独特，优雅精致得远超任何艺术品：它们静止时宛如石头上的一幅画，轻柔拂动时好似怕吵而躲清静，起舞时就像跳着轻捷欢快的华尔兹，在洒满阳光的岩石上蹦跳时如同浪花迅疾拍打海边的岩壁。影子之美如此真实盛大，而数量之多，更使美丽倍增。硕大的橙色百合列队而立，花叶繁茂。它们是健康而高雅的植物，是大自然的宠儿。

6月20日

今天早上，几只蠢羊被灌木丛缠住，就像困在蜘蛛网上的苍蝇，我只好去帮它们解围。卡洛找到它们，用最简单的方法就带它们离开了陷阱。狗真是比羊聪明太多了！卡洛真是比任何朋友和帮手都更忠诚、更持之以恒。高贵的圣伯纳犬是整个犬类的光荣。

空气中弥漫着香脂、树脂和薄荷的芬芳，每一口呼吸都值得感恩。谁能想到，如此粗犷的荒野竟会如此优美，到处都是美好的事物。我们仿佛置身于一座宏伟的圆顶剧场中，观看一出由美景、音乐和熏香上演的盛大戏剧——所有布景和表演都妙趣横生，让人无须忍受片刻的沉闷。在这里，上天总是全力以赴，像凡人一样热情洋溢地工作。

6月21日

沿着河岸，漫步到我的百合花园。这些荒野中的百合如此完美，总令我赞赏和惊叹不已。它们的根茎深埋在水潭边变质板岩空洞中的黑色腐殖土里，既能得到充分的灌溉，又无洪水冲击之忧。叶轮环绕着纤细而光滑的茎干，上面的每一片叶子都和花瓣一样细腻精致。光和热在穿过倾斜的树枝后，正好调节到它们所需的程度。无论中午的暴风雨带来多么猛烈的风，它们都能得到安全的庇护。美丽的苔藓在下面铺成地毯，边缘装饰着蕨类植物，还有几朵雏菊和紫罗兰。它们周围的事物也都像它们一样，甜美而清新。

今天的云之国里只有一座孤独的白山，但光影的渲染让它显得格外丰富。巨大的穹顶、隆起的山脊，以及它们之间的峡谷与沟壑都呈现出妙不可言的色调。

6月22日

不同寻常的多云天气。积雨云定时出现，带来阵雨。此外还有薄云，雾气般飘浮在头顶，弥漫了大约四分之三的天空。

6月23日

啊，这广阔、安详、无边无际的山间岁月，让人想工作也想休息！在这样的日子里，一切都显得神圣，为我们打开了无数扇窗，去见证自然。一个人只要有幸在山间度过一日，以后纵使再疲惫，也不会倒在路旁。无论他的命运如何，长寿还是短命，坎坷抑或平静，都将永远富有。

6月24日

照例是乌云和雷声。

牧羊人比利遇到了大麻烦。他宣称，自有畜牧业以来，这群羊是被恶魔附体最多的一群。他说，无论有多少只羊失踪，他都不会迈开一步去找。按照他的理论，在找回一只羊的同时，可能会再弄丢十只。因此外出寻羊的任务就落在了我和卡洛身上。

比利的小狗杰克也会惹麻烦，它每晚都离开营地，跑到山上的布朗平原造访邻居。

它是一只外表普通的杂种狗，看不出品种，却热衷于爱情和战斗。它咬断过所有拴住它的绳子和皮带，绝望的主人不得不一次次爬到灌木丛生的山上把它拖回来，然后找来一根杆子，把杆子的一端拴在它的脖子上，另一端拴在一棵矮壮的小树上。不过，这根杆子是个很好的杠杆，由于杰克夜里不断扭动，连接小树那端的绳子被杆子磨断了，于是杰克又像往常一样出去了，拖着杆子穿过灌木丛，安全抵达印第安人的聚居地。它的主人跟过来，二话不说痛揍了它一顿，还恶言发誓晚上一定要好好"修理这只鬼迷心窍的狗崽子"。

比利毫不留情地用荷兰烤炉的铸铁锅盖把杰克拴住了，那锅盖的重量和狗不相上下。他把锅盖直接拴在杰克的项圈上，紧勒着下巴。这样一来，这个可怜的小家伙几乎连转身都难。它泄气地站在那儿，没法环顾四周，晚上想躺下来就只能拉长身体，伸直前腿，趴在锅盖上，脑袋紧紧地夹在两腿之间。

不过天还没亮，我们又听到杰克站在远处的高坡上，吟诵着诗歌《不断向上》[1]，铸铁枷锁根本没起作用。它一定是后腿直立，行走或攀爬了好一段路，让沉重的锅盖像盾牌一样扣在胸前，宛如一块令敌人生畏的铁甲。

第二天晚上，愤怒的比利把狗和锅盖绑起来，塞进一只旧麻袋里，总算获得了胜利。

---

[1]《不断向上》：美国诗人朗费罗的一首诗，创作于1841年。诗中描绘了一位义无反顾、勇攀高峰的青年男子形象。

就在离家前,杰克的下巴被响尾蛇咬伤了。有大约一个星期,它的脑袋和脖子肿成了两倍大,可它仍像平日一样活泼好动,到处乱跑,好在现在已经彻底康复了。它唯一得到的药物是新鲜羊奶——每次4—8升,被比利强行灌入它中毒疼痛的喉咙里。

6月25日

虽然只是牧羊营地,这座宏伟的山谷却是我甜蜜的家园,一天比一天温馨,让人舍不得离开。百合花园目前还没有被羊群践踏的危险。我真心怜悯这群灰头土脸、毛发凌乱、饥肠辘辘的可怜动物。它们每天必须走很远的路,才能吃够15—20吨灌木和青草。

6月26日

纳托尔山茱萸开花时美丽极了。整株植物通体雪白，总苞直径约15—20厘米。溪边的山茱萸可以长到9—15米高，如果周围没有别的树木，树冠会伸展得很开。艳丽的总苞会引来成群的飞蛾、蝴蝶和其他有翅膀的动物，这对这些动物有好处，我猜对这些山茱萸也有裨益。山茱萸喜欢冷水，和赤杨、柳树和黑杨一样，需要吸收大量水分，因此在溪边最为繁茂。不过，也有不少山茱萸远离溪流，长在峡谷内潮湿背阴的松树下，树形也要矮很多。秋天来临时，它们的叶子呈现出迷人的红色、深紫色和淡紫色，比花朵还要漂亮。山坡的背阴面还有一种大量生长的灌木，可能是黑果山茱萸，它们的叶片是羊群的食物。

远处有几道闪电划过，伴着隆隆的回响。

6月27日

通往派勒特峰的阴凉山坡上，加州榛十分常见。它们特别迷人，就像我们祖先清凉故土上的橡树和欧石楠，我们对那些植物的感情也转移到了榛树上。这种加州榛高约1.2—1.5米，叶软而多毛，摸起来很舒服，印第安人和松鼠都喜欢采集美味的榛果。中午，天空一如往常，装点着白色云朵。

山茱萸
Cornus

6月28日

温暖柔和的夏日。炽热的阳光微微刺痛每一根神经。松树和冷杉新生的针叶几乎完全长成,夺目地闪耀着。蜥蜴在发烫的岩石上闪闪发光,营地附近的几只已经变得极为温顺。它们注意着我们的每一个动作,只是好奇地观察,并不担心受到伤害。它们转过头,向后看,摆出各种漂亮的造型。这些温柔朴实、长着迷人眼睛的家伙,离开营地时,我会为与它们离别而难过的。

6月29日

我与一种非常有趣的小鸟交上了朋友,它们会在瀑布与河流主干道的激流附近飞舞。尽管在水中觅食,而且从不离开溪流,但它们从体形上看与水鸟不同。它们没有蹼,却敢无畏地潜入深深的激流,显然是为了在水底觅食。与鸭子和其他潜水鸟一样,它们在水下也用翅膀游泳。有时候,它们会在浅水区蹚来蹚去,不时把头伸进水里,猛晃着点头,活泼欢快的样子十分引人注意。

它们和知更鸟差不多大，翅膀短小有力，既可以在水中游泳，也可以在空中翱翔。向上斜翘的尾巴尺寸适中，加上上下点头的姿势，看起来有点像鹪鹩(jiāo liáo)；羽毛是带点蓝的灰烬色，头部和肩部有一点儿棕色。它们在瀑布与激流间自由飞翔，翅膀扇动时像鹌鹑一样呼呼生风。它们沿着蜿蜒的溪流飞行，通常在露出水面的岩石或搁浅的树枝上歇脚。

极为偶然的情况下，它们也会像普通的鸟儿一样停驻在上方的干燥树枝上。它们的仪态有些装腔作势，极其古怪，却又显得温文尔雅。

这种小家伙很会唱歌，歌声像画眉鸟——甜美清澈、低沉不喧闹，远没有活泼外表显示出的锐利和铿锵。在最美丽的河段，这种小鸟过着浪漫至极的生活。树荫、清凉的溪水和水雾将夏日的酷暑调节得温和宜人。

它们日夜聆听着河流的歌唱，怪不得自己也是美妙的歌手。这些小诗人的每一次呼吸都是歌曲的一部分，因为急流和瀑布周围的空气都被谱成了音乐，它们或许在出生之前就已经接受了启蒙，在还是鸟蛋时就跟着瀑布的轰鸣一起震颤。

我尚未发现它们的巢，但一定就在溪水附近，因为它们从不离开那里太远。

6月30日

　　天气阴晴不定，云朵晶莹雪白。缎面般的天空下，派勒特峰顶上的高大松树被精致地勾勒出来，看起来就像十几厘米大小的迷你模型。今天云朵占天空的四分之一，无雨。

　　令人难忘的六月就这样结束了。它的美丽无穷无尽，与太阳的光辉和海河的流水一样，无法被历法分割，只是宁静、快乐、流淌着的美丽。每天清晨，从深沉的酣眠中醒来，快乐的植物们和大大小小的动物伙伴们，甚至是岩石都在高喊："快醒来，快醒来，欢呼吧，欢呼起来，来爱我们，加入我们一起歌唱吧。快来！快来！"回望宁静、浪漫、迷人的营地树林，我感到刚过去的六月是我生命中最美好的时光。我拥有最真实的自由，最神圣的自由，无拘无束，永恒不朽。一切事物都同样神圣，闪耀着天堂之爱的光辉，平和、纯净、狂野，无论过去还是未来，都不会变得肮脏，亦不会变得模糊。

7月1日

　　盛夏来临。种子们已经从花瓣和果荚中开裂出来，寻找它们命中注定的落脚之地。有些会在父母身边生根长大，有些则乘着风的翅膀飞到远离父母的地方，落到陌生的土地中。大多数幼鸟已经羽翼丰满，能够离开巢穴，尽管仍然受到父母的照料，需要它们的保护、喂养和进一步的言传身教。鸟类的家庭生活多么美好！难怪深受我们的喜爱。

我喜欢观察松鼠。这里有两种松鼠：体形较大的加州灰松鼠以及道氏红松鼠。后者是我见过的松鼠中最聪明的，像一团炽热的生命之火，尖锐的脚趾扎得树木刺痛不已；同时又将山间清新的活力和勇气凝聚一身，像阳光一样不受疾病侵袭。很难想象这样的动物会疲倦或生病。它似乎认为整个群山都属于它，最初甚至想把羊群、牧羊人和牧羊犬全部赶走。它气急败坏的样子太可爱了，瞪着眼睛，龇着牙齿，吹着胡子。如果不是体形小得滑稽，恐怕会是个可怕的家伙。

我想更多地了解它的成长过程，以及它四季在树洞和树顶的生活。奇怪的是，我还没有找到一个挤满小松鼠的窝。道氏红松鼠与大西洋海岸的红松鼠算是近亲，它们或许是沿着北方连绵不绝的森林来到大陆这一侧的。

道氏红松鼠
Tamiasciurus douglasii

加州灰松鼠
Sciurus griseus

　　加州灰松鼠堪称最美的松鼠，有趣程度仅次于毛茸茸的邻居道氏红松鼠。它们的体形是道氏红松鼠的两倍，但在森林里远没有后者那么活跃和有影响力。在枝叶间穿行时，它们的动静也要比它们的兄弟轻得多。除了对我们的狗吼叫之外，我从没听到过它们大声叫。

寻找食物时，它们会静静地从一根树枝滑到另一根树枝，检查去年留下的松果，看看鳞片间是否还有松子，或者是从地面的落叶里寻找掉落的松果，因为这个季节的果实还未成熟。它们的尾巴时而摆在身后，时而放在头顶，要不就平伸出去，或是像一缕卷云似的卷起。虽然工作繁重肮脏，但它们的每根毛发都整洁、闪亮，像蓟草冠毛一样光彩夺目。它们的身体似乎和尾巴一样轻盈。

小小的道氏红松鼠脾气暴躁，喜欢虚张声势、打架、卖弄，动作敏捷得让人大吃一惊，滑稽的旋转动作也令人眼花缭乱。加州灰松鼠则生性害羞，总是蹑手蹑脚，仿佛时刻担心每棵树木、每丛灌木或每根木头后面藏着敌人。它们显然只喜欢独处，既不想被人看见、欣赏，也不想惹人惧怕。它们是印第安人的捕食对象，所以有理由保持戒心，更何况还有别的天敌，比如鹰、蛇和野猫。在食物丰富的森林里，它们会穿过隐蔽的灌木丛，翻过倒下的树木，到喜欢的池塘喝水。在炎热干燥的天气里，它们几乎每天都会定时出现。据说，印第安人会严密监视这些池塘，特别是印第安男孩会带着弓箭埋伏，一声不响地射杀加州灰松鼠。

虽然有不少天敌，松鼠仍然是快乐的动物、森林的宠儿，过着不知疲倦的生活。在大自然的所有野兽中，它们在我看来是最狂野的。我由衷希望我们可以更了解对方。

营地南面的山坡上覆盖着灌木丛，除了无数快乐的鸟儿在此筑巢，奇特的林鼠也在这里居住藏身。

林鼠是一种漂亮、有趣的动物，出现时总能引人注目。它长得比较像松鼠，而不是老鼠。林鼠个头比老鼠大很多，长着一身精致、厚实、柔软的蓝石板色皮毛，腹部呈白色；耳朵又大又薄，呈半透明状；水汪汪的眼睛温柔、饱满；细长的爪子像针一样锋利；四肢强壮，能如松鼠一般爬树。老鼠或松鼠都不像林鼠这么天真无邪，林鼠容易接近，乐于相信陌生人的善意。

它们看上去太过精巧，不像能生活在荆棘丛中，就连巢穴也和它们的长相不协调，尽管里面铺得十分柔软。在这片山区，别的动物都不会建造这么巨大而醒目的房子。第一次猛然看到这样一排房子，定会给人留下深刻的印象。

这些房子是用各种树枝搭建的，有随处捡来的腐烂的老枝，也有从附近灌木丛中咬下来的带刺的绿枝，这些树枝与各种能搬来的东西——小土块、石头、骨头、鹿角等——混杂在一起，垒成一个大圆锥，酷似生火的柴堆。这种奇怪的小房子有的高度和直径可达1.8米，有时会有十几栋房子聚在一起，与其说是为了社交，不如说是为了更方便地获取食物和庇护。

独身探险的旅人穿过偏僻山坡上浓密杂乱的灌木丛，突然看到这样一片怪异的村落，肯定会大吃一惊，以为自己闯入了印第安人的定居点，开始为自己将会受到怎样的接待忐忑不安。但是他们不会看到任何野蛮人的面孔，或许连一个"居民"都见不到，最多只能看到其中两三个坐在茅屋顶上，用最温和的原始眼神打量着陌生人，并允许他们靠近。

这尖顶的粗陋小屋中央是个柔软的窝，是林鼠用咀嚼后的树皮内层纤维筑成的，里面铺着羽毛、柳树和乳草等种子的绒毛。这种娇弱的生物住在壁厚而多刺的房子里，让人联想到带刺的总苞里开出的娇嫩花朵。有些窝建在离地面9—12米高的树上，有些甚至像燕子和红雀一样建在阁楼上。虽然林鼠习惯了荒野的孤独，但大概还是想寻求人类的陪伴和保护。

据管家们说，林鼠是出了名的小偷。它们会把所有能搬走的东西——刀、叉、梳子、钉子、锡杯、眼镜等，统统搬到自己古怪的小屋里。不过，我猜想，它们这么做只是为了加固自己的堡垒。据我所知，它们藏在家里的食物和松鼠差不多，有坚果、浆果、种子，有时还有各种树皮和美洲茶的嫩枝。

7月2日

温暖、明媚的一天。植物、动物和岩石全都兴奋不已，树液和血液加速涌动，水晶般的山体上，每一个颗粒都在跳动、旋转，如星尘一般欣然起舞。没有一处会让人感到沉闷。没有停滞，没有死亡。在大自然心脏的跳动中，一切都保持着快乐而有节奏的搏动。

珍珠色的积雨云堆积在高山之上，不是那种银色的镶边，而是整朵云都呈银色。在我平生走过的地方，经历过的季节，都没见过如此明亮、清爽、形如岩石的云朵，它们的形态如此多样，轮廓如此清晰。这些雪白的云山形成于内华达山脉的最高处，聚拢又消散，令人惊叹不已。每每凝视它们高达数千米的巨大白色圆顶，我心中都会涌现出新生的赞叹。

不过，在欣赏天光山色之余，食物短缺问题却令我们气馁。面包已经在几天前告罄，我们对面包的思念显得越来越不理性，毕竟我们还有充足的肉、糖与茶。在如此丰饶的荒野上，竟会觉得食物匮乏，实在奇怪。不仅印第安人让我们羞愧，松鼠也令我们汗颜——富含淀粉的根茎、种子和树皮到处都是，然而仅仅因为没有面包，我们的身体就失去了平衡，无法享受最极致的快乐。

7月3日

温暖。微风刚好足以穿过树林，从千万处送来芳香。松树和冷杉的球果长势良好，每棵树都滴下树脂和香脂，种子迅速成熟，预示着一场丰收。看来松鼠少不了食物吃了。它们早在各种坚果成熟之前就开始大吃特吃，似乎从来不会吃坏肚子。

第三章

面包饥荒

在这里，
每一天都像节日，
都是宁静而热烈的庆典。

7月4日

　　羊圈之外，空气中弥漫着森林精华的气息，日益甜美芬芳，就像将要成熟的水果。

　　我们等着德莱尼先生尽快从低地回来，带来新的补给。羊群也要转往新牧场，这样我们都会比现在吃得更好。豆子和面粉的库存也告罄了——只剩下羊肉、糖和茶叶。牧羊人比利的情绪有些低落，对羊群漠不关心。他说，既然老板没给他饭吃，他也没义务去喂羊。他还发誓说，没有哪个正派白人光靠吃羊肉就能爬上这些险峻的大山。比利在国庆日的演讲是这么说的："这不是给真正白人吃的东西，只配给狗和土狼。吃好喝好，才能放好羊——咱就是这意思。"

7月5日

正午时分,内华达山脉上空的云朵壮美得难以言表。为了欣赏它们,我甚至都舍不得午睡。昨天,平原升起国庆礼炮的硝烟,"演说家"比利的豪言壮语大概已经尘埃落定或是随风而散。在这里,每一天都像节日,都是宁静而热烈的庆典,没有损耗、浪费和恼人的疲倦。万物都在欢呼,每一个细胞、每一粒晶体,都不会被排除在欢乐之外。

7月6日

德莱尼先生还没回来,面包出现严重短缺。看来我们还得再吃一阵子羊肉,这样的饮食实在让人难受。

我听说,得克萨斯的拓荒者们可以数月不吃面包或任何谷物制品,而把野火鸡的鸡胸肉当作面包。在美好的过去,似乎有很多这样的故事,那时的生活虽不安全,却也没那么多麻烦。早年间,落基山地区的捕猎者和毛皮商人可以靠着野牛肉和海狸肉生活好几个月。印第安人和白人中间都有人可以靠鲑(guī)鱼为生,很少或者根本不会受到面包短缺的影响。

可是现在,我们虽有质量很好的羊肉,无奈实在没有胃口。我们挑出最瘦的部分,忍着恶心吞进肚里,马上就感到一阵反胃。喝茶只会让情况更糟。胃开始主张自己是一个独立个体，拥有自己的意志。我们应该像印第安人那样，煮些羽扇豆叶、苜蓿、富含淀粉的叶柄和虎耳草的根茎吃。我们试着不理会胃部不适，起身环顾四周，目光掠过群山，然后顽强地穿过灌木丛和岩石向上攀爬，置身于风景之中。一种令人窒息的平静降临，我们无精打采地完成一天的工作，甚至连享受也慵懒无力。嚼几片美洲茶叶子当作午餐，又闻几下或嚼上两口辛辣的狼薄荷，才缓解头部和胃部的钝痛。现在，疼痛就像雾一样笼罩着我们，渗透我们的身体。

晚餐还是羊肉。我们硬吞下去，但还是吃不了太多。在我们的床头，有星星透过雪松的枝叶闪闪烁烁。

7月7日

今天早上，我又虚弱又恶心，都是因为没有面包吃。我甚至无法把精力集中在我最热爱的研究上，似乎一个人没有了麦田和磨坊，连在天堂般的森林里闲逛几天的力气都没有了。

我们就像笼子里渴求饼干的鹦鹉，任何饼干都行——哪怕是绕地球一周后剩下的饼干，要是有益健康的小苏打饼干就更好了。

我在多次植物考察之旅中发现，只吃面包不吃肉是可以的。不喝茶也没关系。面包、水和令人愉快的劳作就是我需要的一切——这个要求并不高，但只有经过培养和训练，人才能完全不依赖某种食物，勇敢地享受荒野生活。

这不会影响健康，生活在其他地区的人已经充分证明了这一点。例如，居住在小麦生长线以北的因纽特人，以油脂丰富的海豹和鲸鱼为生。他们吃肉类、浆果、苦涩的野草和鲸脂，甚至有时候好几个月只有鲸脂吃。还有那些生活在大陆冰封海岸的人，据说个个强壮愉快、勇敢无畏。我们还听说过只吃鱼的人，就像只食肉的蜘蛛一样，他们的肠胃也很好。可我们呢，简直无助得可笑，对着食物一脸苦相，肚子因为消化不良发出咕噜咕噜的响声，好像快要窒息的羊叫。

我们还有很多糖，晚上我突然想到，说不定可以用糖来哄哄正在造反的肠胃，就像哄骗哭闹的小孩儿。于是，我们将煎锅洗净，倒入很多糖，煮成蜡一样的糖浆，但这玩意儿更让人一言难尽。

人类似乎是唯一会被食物弄脏的动物，因此需要大费周章地清洗，还需要盾牌一样的围嘴和餐巾。

生活在土里的鼹鼠吃黏糊糊的虫子，却像一直生活在水里的海豹和鱼一样干净；松鼠住在到处是树脂的森林里，却能以神秘的方式保持清洁。它们吃粘满松脂的松果，还大大咧咧地到处攀爬，毛发却依旧清爽。鸟类也同样干净，尽管它们要花很多功夫清洗和梳理羽毛。

这时，我看到几只苍蝇和蚂蚁像它们被困在琥珀中的祖先一样，陷在我们扔掉的糖浆里动弹不得。

我们的胃就像疲惫的肌肉，在长时间蠕动后发痛。我曾在佐治亚州萨凡纳附近的圣文德墓园里几天没吃饭，饿得饥肠辘辘。那时空荡荡的胃就和现在的感觉类似，有种似曾相识的敏感和刺痛，虽然算不上剧烈，但也难以忍受。我们连做梦都会梦到面包，可见有多么需要它。

我们应该和印第安人一样，知道如何从蕨类植物、虎耳草茎、百合球茎、松树皮等植物中获取淀粉。可悲的是，这样的教育已经被我们忽视了好几代。野生大米应该也不错。我在潮湿的草地边缘发现了一种假稻，但谷粒很小。橡子还未成熟，松子和榛子也是如此。松树和云杉的内层树皮或许可以一试。我喝茶已经喝到了半醉，人类在遇到非同寻常的事情时，似乎就需要来点刺激物，而茶是我唯一的选择。比利会大嚼烟草，我想那有助于麻醉神经，减轻痛苦。

每个钟头，我们都会眺望一下"堂吉诃德"先生，侧耳倾听他的脚步。当他的大脚出现在山上时，该是多么美妙的景象！

在温暖宜人的内华达山区，我见到的牧羊人和山地居民大致上对食物供应和床铺都不怎么挑剔。他们大多真心推崇"简陋的生活"，将大自然的精致视为麻烦和缺乏男子气概。

牧羊人一般就是在光秃秃的地面上铺两张毯子做床，用石头、木头或是鞍包当枕头。在选择睡觉地点上，他们甚至还不如狗讲究。狗在决定这件重要之事前，往往会深思熟虑，东跑西看，刨开松动的树枝和小石块，多次加以调整，尽量把睡觉的地方弄得舒适，而牧羊人则是随便往什么地方一躺，在选择睡觉地点上堪称动物中技巧最差的。

他们在吃饭上也是如此。就算拥有所有想要的食材，他们做出的食物——无论是品种还是烹饪方式——都与美味相距甚远。他们的菜谱只有豆子、随便什么面包、培根、羊肉、桃子干，有时再加点土豆和洋葱。土豆和洋葱因为又重营养又少，被视为奢侈品，只有从大本营牧场出发时才会打包半麻袋，不出几天就吃光了。豆子是主要的储备粮，因为便于携带、健康、能够长久储存，而且容易烹调。

有趣的是，关于煮豆子流传着很多神秘的传说。每一位大厨都坚信，自己的煮豆方法是最好的。他们精心烹制，细心搅拌，对这锅美味的"糨糊"倾注了全部柔情——放油，加入培根，煮到酥烂入味——之后，骄傲的大厨会舀几勺让大家品尝，然后询问："怎么样？觉得*我的*豆子如何？"那口气就像在说，即便大家的烹饪方法都一样，由于掌握了独家秘方，他煮的豆子也会有异乎寻常的美味。依照不同的口味和观念，可以加入糖浆、白糖或胡椒调味；或者倒掉第一道水，加入一两勺碱面或小苏打粉，让豆皮充分软化。然而，就像葡萄酒一样，没有两锅豆子的味道是一样的。那些煮出来难吃的豆子，有些可能是受到月亮圆缺的影响，有些可能是碰上了不吉利的日子，有些可能是由于豆子在不合适的土壤里生长，或者是那一整年都不利于豆类生长。

在营地厨房里，咖啡也有神奇传说，但没有豆子那么多，也不像煮豆子那么神秘莫测。营地的人咕嘟喝下一口咖啡，发出一声低沉满足的咕哝，然后漫不经心地感叹一句："这咖啡不错。"之后又咕嘟喝下一口，重复同样的评语："是的，先生，这真是好咖啡。"

至于茶，只有两种，淡茶和浓茶，茶越浓越好。喝完茶后，能听到的唯一评论是"这茶淡了"，否则就说明茶够好，无须再提。就算茶煮了一两个小时，或者在松脂点燃的火上熏过也没关系——谁会在乎那一点儿单宁或杂酚油呢？那只会让黑色的饮料更浓，更能吸引被烟草弄迟钝的味蕾。

和大多数加州露营地一样，牧羊营地的面包也是用荷兰炖锅烤出来的。其中一种是酵母粉发酵（jiào）的，吃起来不仅粘牙，也不健康，还会导致消化不良。不过，大部分的面包是酸面团发酵的。方法是每次从发好的面团上揪下一块放进面粉袋里，留到下次发酵时使用。炖锅就是普通的铸铁锅，13厘米深，30—46厘米宽。在锡盘上和好面后，将铸铁锅稍微加热，用一块牛油或者猪皮抹一抹，然后放入面团，压成锅底形状，让面团在锅内发酵。准备烘烤时，先在火堆旁撒上一铲子炭，将铸铁锅放在上面，再铲一些炭铺在锅盖上。烘烤期间，还要不时往上加炭，确保锅内的温度足够高。只要用心，这种方法可以烤出很好的面包，但也容易烤糊、变酸，或者发酵过头，而且铸铁锅的重量是一个大问题。

"堂吉诃德"先生终于回到了峡谷——我们不再饥饿，又把目光转向群山，明天就要去攀登云海了。

只要我尚存一息，就永远不会忘记我们的第一个营地。它已深深扎根于我的身体，不仅是记忆中的画卷，更成为我心灵和身体的一部分。

这座漏斗状的山谷里遍布壮丽的树林，星星在美妙的夜晚会透过树叶洒下美丽的清辉。通往布朗平原的陡坡上花团锦簇，无风的日子里，花香会顺坡而下。树叶荫蔽着河道，用各种声音奏出优美的旋律。水流时而庄严地流淌奔腾，时而欣喜地雀跃前进，抚摸着垂入水中的莎草叶、灌木枝和长满青苔的石头。水流在潭中激起旋涡，从鲜花盛开的小岛两边流过，飞溅出灰色或白色的浪花。它们的声音如此欢乐，却又有着深沉而庄重的基调，令人想到大海。一种勇敢的小鸟始终在河畔飞舞，在跳着华尔兹的水花中用甜美的人声歌唱。派勒特峰蜿蜒的山脊造型优美，相互交叠，绵延数个气候带。山上各种树木中的王者高贵列队，等待检阅，尖顶压着尖顶，树冠盖着树冠，修长的叶臂挥舞摆动，摇铃一般地抛撒着球果。这些阳光滋养的山民，欢欣地展现自己的力量，每一棵树都是风和太阳的竖琴，演奏着悦耳的曲调。鹿在长着榛树和鼠李的草场巡游，烈日下的山岗上铺展着蒿叶梅地毯，薄荷和秋麒麟一片紫一片黄，蜜蜂在其间嗡嗡忙碌。

还有那些山居岁月中的黎明、日出和日落——玫瑰色的光线弥漫在星斗之间，将夜空渐渐染成水仙花的黄，笔直的光线向前迸发，漫过层层山脊，抚过棵棵青松，用暖意唤醒群山伟大的主人，愉悦地开始一天的工作。

正午有金色阳光，云山如雪花石膏，风景像人的面庞，容光焕发。日落之时，森林静默肃立，等待晚安的祝福。这一切都是我神圣、持久、挥霍不尽的财富。

第四章

去高山

今天早上，
我的胸中满溢着野生动物般的喜悦，
只想放声呐喊。

7月8日

我们动身前往山脉的最高峰。许多安静细微的声音与正午的雷鸣都在发出召唤:"来高山吧。"别了,神圣的山谷、树林、花园、小溪、鸟儿、松鼠、蜥蜴,还有其他无数的事物。别了,再会。

绵羊像一群长着蹄子的蝗虫,在飞扬的黄褐色尘土中向上穿过树林。刚出畜栏不到一百米,它们就意识到终于要去新牧场了,一起猛往前冲,挤过灌木丛的缝隙,又是跳跃,又是翻滚,像欢呼雀跃的洪水从溃坝中奔腾而出。

两侧各有一人不停地向头羊喊话,但饥肠辘辘的头羊只顾往前冲。另外两个赶羊人忙着照看脱队的羊,帮它们摆脱灌木丛的纠缠。只有印第安人冷静警觉,默默地注视着可能被漏掉的游荡羊只。两只狗跑前跑后,不知道该干些什么,而"堂吉诃德"先生很快就落在了后面,努力不让自己这群麻烦不断的财富离开视线。

一走出已经被啃光的草场,饥饿的羊群突然平静下来,宛若山涧流入草甸。这之后,它们可以随心所欲地慢慢吃草,只需让它们朝着默塞德河与图奥勒米河分水岭的峰顶前进即可。很快,这两千张扁扁的肚皮就被甜豆藤和青草填得鼓鼓囊囊。这群原本憔悴、绝望的动物,刚才与其说是羊,不如说是饿狼,如今都变得乖顺听话。怒吼的牧羊人也变得温和有礼,安详地踱着步子。

太阳快要落山时,我们抵达了榛树绿地。这里位于默塞德河和图奥勒米河分水岭的峰顶,是一处迷人之地。在壮丽的银冷杉和松树下,小溪静静地穿过榛树和山茱萸丛。

我们在这里扎营过夜,高高堆起充满松香的圆木和树枝,熊熊篝火,宛若日出,愉快地将凝聚了几个世纪一般的夏日阳光送还给我们。在那古老阳光的照耀下,周遭景物从外面的黑暗中浮现出来,显得愈加动人。禾草、翠雀花、耧斗菜、百合花、榛树丛和环绕在篝火周围的大树,就像沉思的观众,如同人类一般津津有味地凝视和聆听。

夜风清凉,我们整天都在向更高的天空攀登,那是我们仰慕已久的云山之乡。空气甜美清新,每一口呼吸都像在接受神的祝福。

在这里,糖松在大小、美感和数量上都达到了极致,每一座丘陵、山坳和下沉的沟壑里都几乎看不见其他树种。不过,还是可以找到几棵做伴的黄松,在最凉爽的地方还能见到银冷杉。尽管这些树都很高贵,但糖松才是王者,它在众树之上张开庇护的长长手臂,其他树木则摇动身姿,俯首称臣。

我们现在已经到达海拔 1800 米的高度。上午,我们经过分水岭上的一块平地,那里长着熊果,有几株堪称我见过的最大植株。

我测量了其中一棵，主干直径约 1.2 米，高度却只有 46 厘米左右；上部枝开叶散，形成一个宽大的圆形树冠，约 3—3.6 米高；上面开满簇簇细长的粉红小铃铛。叶片浅绿，长有腺体，叶柄边缘卷曲，枝条看似赤裸，巧克力色的树皮细薄而光滑，干燥时会一片片卷曲脱落。它的木质为红色，纹理细密、坚硬厚重。我好奇这些奇特灌木的年龄，也许和那些雄伟的松树差不多吧。

印第安人、熊、鸟类和肥硕的幼虫都喜欢熊果的果实。它们长得像小苹果，经常一侧粉红，另一侧呈现绿色。据说，印第安人会用这些果子酿造类似啤酒或苹果酒的饮料。

熊果有很多种，广泛分布在这里的是一种尖叶熊果。它们个头较矮，根部牢固，因此不怕大风。席卷森林的山火也很难彻底摧毁它们，因为它们还会从根部发芽。此外，它们生长在一些干燥的山脊上，那里鲜少发生山火。我真想对它们进行更深入的研究。

今夜，我怀念河流的歌声。这里的榛林溪在最高的源头处会发出鸟鸣般的声音。风吹过头顶的树梢，叶片纹丝未动，风声却奇妙得动人心魄。然而，天色已晚，我得去睡了。营地一片静谧，每个人都进入了梦乡。将如此宝贵的时间用来睡觉，真是太奢侈了。"上天将睡眠赐予他所爱之人。"[1] 遗憾的是，被上天眷顾的人类虚弱疲倦、憔悴不堪，需要睡眠。唉，在这永恒而美丽的时光流转中睡眠，无法化身星辰永久凝视，真令人惋惜。

---

1 出自伊丽莎白·勃朗宁的诗作《睡眠》。

7月9日

山间的空气令我精神大振。今天早上,我的胸中满溢着野生动物般的喜悦,只想放声呐喊。

印第安人昨夜睡在远离火堆的地方,没有盖毯子和其他衣物,只穿着蓝色工装裤和汗湿的棉布衬衣。这个高度在夜间已有寒意,我们给了他几条马鞍褥子,但他似乎并不需要。在携带衣物很困难的地方,能摆脱对衣服的依赖倒是一件好事。在食物匮乏时,他可以靠任何东西充饥,例如几个浆果、树根、鸟蛋、蚱蜢、黑蚁、肥硕的黄蜂或它的幼虫,丝毫不觉得值得大惊小怪。

我们今天的路线是沿着宽阔的主山脊走到飞鹤平原后的一个山坳。

这一带几乎没有岩石,到处覆盖着我见过的最雄伟的松树和云杉。直径1.8—2.4米、高达60米的糖松并不罕见。白冷杉和红冷杉这两种银冷杉都非常美丽,特别是红冷杉,越往高处就越常见。它的体形巨大,是内华达山区最为耀眼的巨型针叶树。我见过直径达2.1米,高度超过60米的红冷杉,而完全成熟的树木平均高度至少有55—60米,直径1.5—1.8米。

除了体形巨大,红冷杉还有其他树种所不及的对称和完美,至少在这个地区无其他树木可以匹敌。它们的树枝大多是五根缠绕生长在一起,从高大挺拔、姿态优雅的锥形树干上分出来,每根枝条都像蕨类植物的叶子般呈规则的羽状排列,小枝周围叶片密布,给树一种奇特而苍劲的外观。树的最顶端有一根粗钝的枝条，直指天空，宛如一根训诫的手指。

球果挺立在上方的枝条上，形如酒桶，长约 15 厘米，直径约 7.6 厘米；两头钝，质地似天鹅绒；圆柱形，看起来很高贵。种子大约 1.9 厘米长，深红棕色，有漂亮的虹彩紫色羽翼，成熟后球果会开裂，种子从大概 45 米或 60 米的高度飞散开来，借助风力可以飘到很远的地方。只有在风力足够的时候，大部分种子才会被摇晃出球果，自由飞行。

白冷杉的高度和繁茂程度与红冷杉类似，但枝条并非规则轮生，叶片没有羽状排列，也没有那么茂密。白冷杉的叶子大多呈两排水平生长，而非小枝环绕。球果和种子的外观与红冷杉的类似，但大小不及其一半。红冷杉的树皮呈紫红色，有紧密的沟壑，而白冷杉的树皮则是灰色，沟壑较为稀疏。真是一对高贵的冷杉。

在飞鹤平原，走 3 公里左右的路，海拔会上升大约 300 米。森林越来越茂密，银色的红冷杉的比例也越来越高。

飞鹤平原是一片草甸，位于分水岭顶部，边缘是宽阔的沙地。蓝鹤在长途飞行中常来这里休息、觅食，飞鹤平原因此得名。

这里长约 800 米，与默塞德河相邻，中间长满莎草，边缘有艳丽的百合花、楼斗菜、翠雀花、羽扇豆和火焰草，而外围干燥的缓坡上开着各种小花——矮猴花、沟酸浆、吉莉草以及伞石薇丛、若干种绒毛蓼(liǎo)和灿烂的朱巧花。

周围高墙般的森林由两种银冷杉、糖松和黄松组成，在这里展现出美丽与壮观的极致。就海拔而言，1800米或更高的地区对糖松和黄松不算太高，对红冷杉不算太低，对白冷杉则最为适合。平原以北约1.6公里的地方有一片巨杉，这种巨杉堪称所有针叶树中的王者。此外，还零星可见花旗松、翠柏和扭叶松，它们共同构成了森林的一小部分。除了扭叶松，三种松树、两种银冷杉、一种花旗松和一种巨杉都是巨型树种。它们共同生长在这里，组成了地球上无与伦比的针叶树群落。

蓝鹤
Anthropoide sparadiseus

我们经过几片草甸，皆如花园一般迷人。有的位于分水岭顶部；有的镶嵌在雄伟的森林中，如缎带般挂在山侧；有的长着高大的加州藜芦，开着白花。加州藜芦的叶片呈船形，长约30厘米，宽约20—25厘米，叶脉像杓兰——一种强健热烈的百合科植物，喜欢滨水生长，外形引人注目。

耧斗菜和翠雀花生长在草甸较为干燥的边缘，高大英俊的羽扇豆立在齐腰深的青草丛和莎草丛中。几种火焰草的脚下铺满紫罗兰，一片绚烂。

然而，这片森林草甸的荣耀属于一种小豹纹百合。它的植株最高可达2.1—2.4米，十几二十朵橙色小花组成华丽的花序。它们在空旷的原野上自由挺立，周围伴生的青草和其他植物，将它们衬托得淋漓尽致。这是我所熟知的百合家族中的又一位贵族——一位真正的登山家，在海拔2100米的高度展现出强大的活力和美丽。我发现，即使在同一片草甸上，它们的大小也不尽相同，这不仅与土壤有关，也与年龄有关。我见过某些植株只开出一朵花，而与它咫尺之遥的另一植株却开出二十五朵花。

难以想象羊群竟然被允许闯入这片百合花园！

数百年来，大自然精心培育和浇灌它们，在冬日冰霜中用泥土温暖地裹住球茎，在骄阳烈日下用窗帘般的云朵为嫩芽遮阳，洒下清新的雨露让它们变得美丽无瑕，还以无数奇迹确保它们能够安全长大。

然而，奇怪的是，大自然竟然会允许羊群来践踏和摧毁这些花朵。按照常理，人类用一堵火墙来保护这样的花园都不足为奇，而大自然却对它的珍宝毫不吝惜，它挥霍着植物的美丽，就像将阳光肆意洒满大地和海洋、花园和沙漠。就这样，百合花的美丽平等地属于天使和人类、狗熊和松鼠、狼和羊、鸟儿和蜜蜂。而据我所见，只有人类和人类驯养的动物会摧毁这些花园。

"堂吉诃德"告诉我，炎热的天气里，笨重的狗熊喜欢在花园里打滚，长着锋利蹄子的鹿会在花园里穿梭来往、闲逛觅食，但我却从未见到它们破坏一朵百合花。它们更像是园丁，精心呵护植物，在有需要时压泥翻土，不会伤害任何一片叶子和花瓣。

周围的树木和百合花一样有着完美的壮丽外形，枝丫和百合花的轮状叶片一样井然有序。今天晚上，像往常一样，营地的篝火向光线所及的一切施展魔法。我躺在冷杉树下，看着高耸的树冠刺破繁星点点的夜空，而夜空就像一大片百合盛开的花园。如此珍贵的夜晚，我怎么舍得闭上眼睛？

7 月 10 日

清晨，一只道氏红松鼠在我头上大叫，不愧是森林中急躁的暴君。森林小鸟在平日喧嚣的旅途中难觅踪影，如今也在草甸边缘向阳的树枝上取暖，沐浴阳光和晨露，显出一片宜人的景象。树上长着羽毛的居民展现活泼自信的模样和举止，看起来迷人极了！它们似乎确信能吃到美味健康的早餐，可这么多的早餐从哪里来呢？要是让我们为它们摆上一桌花蕾、种子、昆虫构成的大餐，让它们保持纯净野生的健康体魄，我们必定无从着手。我猜，它们没有头痛或是其他病痛。至于那些桀骜不驯的道氏红松鼠，根本不用操心它们的早餐，也不用担忧它们饥饿、生病或死亡。它们更像是星星，超越了偶然与变化，尽管有时候也会看到它们忙着采集种子，为生活奔波。

我们穿过森林，向高山进发，扬起的尘土模糊了道路。成千上万只蹄子践踏树叶和花朵，然而在这片广袤的荒野里，它们只是渺小的一群，更多的花田会躲过摧残。它们伤害不到树木，遭殃的只有少数幼苗，但如果这群长着蹄子的蝗虫数量倍增，就像它们可能会带来的经济价值，那么森林总有一天会被摧毁殆尽。到那时，能够幸免的大概只有天空——尽管仍不免被如劣质祭品烟火般的尘土和烟雾遮蔽。

可怜、无助又饥饿的羊啊，很大程度上就像私生子，生下来就是错误，是半成品，是人类制造的，而非出自自然的恩典。然而，尽管生错了时间，生错了地点，它们的叫声却出奇地富有人性，让人心生怜悯。

我们仍旧沿着默塞德河和图奥勒米河的分水岭前进，右侧的溪水流入旋律优美的优胜美地溪，左侧的溪水流入悦耳动听的图奥勒米河。溪水流过阳光明媚的马齿苋和百合草甸，蜿蜒地冲入万千沟壑(xiàn)，它们似乎天生就会歌唱，再也找不到比其更歌声悠扬的溪流，也没有哪条溪流比它们更晶莹纯净。它们时而淙(cóng)淙呢喃，时而漾出快乐的涟漪，穿梭在阳光与树影之间，在水潭中熠(yì)熠闪光。从悬崖到陡坡，水流以不同的形态汇聚、跳跃、舞动，越奔涌就越美丽，最后投入冰河宽广的怀抱。

一整天，我都凝视着那些高贵的银冷杉林，它们的面积越来越大，我对它们也愈发赞叹。飞鹤平原以上的森林仍然相对稀疏，阳光可以洒进铺满褐色松针的地面。每棵树都匀称挺拔，拥有繁茂的枝叶和华丽的树冠。六七棵树还会组成宫殿般的小树林，大小和位置恰到好处，看起来浑然一体。这里的确是爱树者的天堂。即使是世界上最迟钝的眼睛，看到这些树也会眼前一亮。

幸好羊群不太需要照料，只要慢慢赶，让它们随意吃草就行。离开榛树绿地后，我们沿着优胜美地的山路前行。从科尔特维尔和中国营地两条小路而来的游客在飞鹤平原会合，然后沿着这条路从北侧进入这座著名的山谷。还有一条小路从南侧进入山谷，途经马里波萨。

我们看到的游客有的三五成群，有的15—20人一组，骑着骡子或小马。他们堪称一道奇怪的风景：一队穿着花哨衣服的人，穿过肃穆的森林，不仅吓坏野生动物，甚至让人觉得高大的松树也会不胜其烦，发出惊骇的抱怨。不过，我们和羊群又能好到哪里呢？

我们在落叶松平原扎营，这里距离优胜美地山谷的较低一端大约七八公里。森林包围着另一片美妙的草甸，中间流淌着深邃清澈的小溪，圆滚倾斜的堤岸上长满了下垂的莎草。

此处常见扭叶松，这个平原因此而得名，这种松树尤其喜欢生长在草甸凉爽的边缘。在遍布岩石的地方，这种松树长得低矮粗壮，高约12—18米，直径0.3—0.9米，树皮薄而富含胶质，树枝相当光秃，叶穗、叶子和球果都较小。然而，在潮湿肥沃的土壤中，这种松树长得紧密而修长，高度可达30米。树干直径仅15厘米的扭叶松，通常能长到15—18米高，外形如箭，细长锐利，就像东部地区的北美落叶松。它们也正是因此而得名——尽管仍是一种松属植物，而非落叶松属。

7月11日

"堂吉诃德"骑着匹驮马走在前面，在优胜美地以北寻找主营地的最佳地点。目前我们还去不了更高的地方，虽说那里的牧场比这一带更好，但还埋在厚厚的冬雪中。我很高兴能把营地扎在优胜美地地区，这样我就可以沿着山脊愉快地漫步，欣赏那些未曾见过的山脉和峡谷，森林和花园，湖泊、溪流以及瀑布的美景了。

我们现在所处的海拔大约是2100米，夜晚凉爽，得在毯子上盖上大衣和额外的衣物。落叶松溪的水质冰凉甜美，如香槟一般令人振奋。充盈的溪水无声地流淌在草甸里。

在我们营地下方几百米处，有一片光秃秃的灰色花岗岩，上面散落着巨石，整个区域只有几棵小树嵌在狭窄的石缝里，此外再无一棵树。许多石块异常巨大，不过既没成堆分布，也没有像废弃物那样散落在风化解体的碎石中。它们大多单独耸立，躺在干净的路面上，阳光照在上面，反射出耀眼的光芒，与我们在枝繁叶茂的森林中常见的光影闪烁形成鲜明对比。

奇怪的是，这些巨石安静地躺在那里，仿佛遭到遗弃，附近既没有能移动它们的力量，也没有能搬动它们的工具；但从颜色和构造的差异判断，这些巨石显然来自远方，被挖掘后运送到这里，放置在各自的位置上。此后大部分巨石历经风雨，但再未移动。它们孤零零地躺在这里，是陌生土地上的异乡人。这些巨大的石块是棱角分明的山体碎片，直径最长的有6—9米，是大自然打造风景、雕琢山脉峡谷时留下的碎片。

它们究竟是怎么被挖掘和搬运过来的？在路面上可以发现一些蛛丝马迹。大地表面最不容易被风化的部分有一道道深深的平行刻痕，表明这一带曾被东北方的冰川扫过。冰川磨平了大山的主体，雕刻、打磨出一种奇怪的原始擦痕。冰河时代末期，那些被偶然携带过来的巨石就留在了冰川融化的地方。这是个有趣的发现。

至于我们穿过的森林，很可能生长在土壤的沉积物上，其中大部分是同一条冰川留下的不同种类的冰碛(qì)，它们在后冰河时代风化解体，形成了如今的土壤。

草甸外，年轻的落叶松溪在这片被冰川侵袭的花岗岩下欢快流淌，一路欢呼狂喜，吟唱起舞，在白色的瀑布中激起彩虹，奔向位于优胜美地下游几公里外的默塞德峡谷，在3公里的距离内下降了大约900米。

默塞德河的支流都是优秀的歌手，而优胜美地则是主要支流的汇合中心。在距离营地约600米处，可以看到这座著名山谷的底部，那里有壮丽的悬崖和树林，如同一部宏伟的山地之书，让我情愿用毕生之力去阅读。

想到山是如此广阔无垠，便觉人生短暂无常，无论多么努力，能学到的东西也不过是太仓一粟。但又何必哀叹无可避免的浅薄和无知呢？总有一些外在的美丽近在眼前，足以震颤我们的每一根心弦。大自然创造它们的方法固然超出我们的理解，但能沉醉其中就已足够幸运。

勇敢的落叶松溪，继续高歌吧！你是从冰雪源头流出的新鲜溪水，飞溅旋转，舞动着奔向命中注定的大海，沐浴、振奋着沿途的一切有情众生。

我尽情享受这伟大的一天，漫步，观察，沉浸在山的情绪中，画素描，做笔记，制作花卉标本，呼吸新鲜空气，畅饮溪水。我还发现了洁白芬芳的华盛顿百合，它是所有山地百合中最精致的一种。

它的球茎埋在凌乱的灌木丛中，或许是为了躲避乱刨的熊爪。华丽的圆锥花序在积雪覆盖的灌木丛上摇曳，硕大勇猛的钝鼻蜜蜂在满是花粉的钟形花朵中嗡嗡飞动。它们是可爱的花朵，值得忍饥挨饿、不辞辛劳地来一睹芳容。在如此高贵的风景中，找到这样一种植物，让整个世界也变得更加丰富多彩。

落叶松草甸上有一座木屋，像在宣示对草甸的拥有权。如果去优胜美地的旅行者大幅增加，这木屋可能会变成一处有价值的驿站。有些晚到的旅客有时会在此休整。木屋的主人是一个白人男子和一个印第安女人。

华盛顿百合
Lilium washingtonianum

我在日落时分漫步回到草甸,渐渐远离营地、羊群和一切人类的痕迹,进入一片古老肃穆的森林,沉浸在它深邃的宁静中。万物都闪动着天堂般不可磨灭的热情。

7月12日

"堂吉诃德"回来了,我们再度踏上朝圣之旅。"从山顶俯瞰优胜美地溪谷,只会看到石头和几片树林,"他说,"但走进遍布岩石的荒漠,你会发现无数长满青草的河岸和草甸,所以这里并不像看上去那么荒凉。我们就去那里,一直待到山上雪融为止。"

因为山上积雪未融,我们得在优胜美地多待一段时间,这可把我高兴坏了,因为我一直渴望尽情地看看这里的一切。我将度过一段美妙的时光:写生,研究植物和岩石,独自在大峡谷的边缘攀登,远离营地的人事和喧嚣。

今天我们又看到一队来到优胜美地的游客。他们看上去并不在意身边的壮丽风光,虽然花了大把时间和金钱,忍受车马劳顿,才来到这个著名的山谷。不过等到他们真正置身于这座宏伟圣殿的围墙内、听到瀑布的诗篇,就会浑然忘我,变得虔诚。每一位来到这片神圣群山的人,都会得到自然的祝福。

我们沿着莫诺山道缓缓向东而行,午后不久就卸下行李,在瀑布溪畔扎营。莫诺山道经血色峡谷隘口翻过山脉,通往莫诺湖北边附近的金矿。据说这片矿区在刚发现时矿藏丰富，引发淘金热潮，这才有了这条莫诺山道。人们在河床松软、无法涉水而过的溪流上建造小桥，砍断倒下的树木，又在灌木丛间开辟够宽的小路，以便大件行李通过。不过大部分路段依旧维持着原貌，没有动过一块石头或一锹土。

我们穿过的树林几乎全部由红冷杉构成。此前与红冷杉做伴的白冷杉由于海拔的关系，基本都被留在了低处。迷人的红冷杉似乎更喜欢高海拔。描述这种高贵的树木，任何语言都显得苍白。这里的土壤主要是风化和分解的冰碛物，由于沙质土壤过于疏松，红冷杉无法牢固扎根，很多就在暴风雨中倒下了。

羊群随意躺在裸露的岩石上，安静地反刍青草。饭正在火上煮，我们每天的胃口也越来越好。低地居民欣赏不了山里人的口味，也不明白那些油腻的食物如何下咽。然而，对我来说，吃饭、走路、休息都令人欢喜。早晨起床时，我甚至有一种冲动，想和公鸡报晓一样仰天长啸。睡眠和消化都如空气一般清新顺畅。

今晚我们将有柔软辛香的树枝铺床，有瀑布溪吟唱摇篮曲。这条溪水的名字实在太贴切了，无论是在营地的上游还是下游，它都像瀑布一般不断地跳跃、舞动，开出白色的水花，直到最后不遗余力地完成狂野一跃，从近百米的高度落进山谷脚下几公里处的落叶松溪瀑布附近的优胜美地谷底。

这些瀑布几乎可以与声名远播的优胜美地瀑布匹敌。我永远不会忘记瀑布的欢快之歌，轰鸣与咆哮如此低沉，欢欣奔腾在霓虹般的水雾下。溪水清凉，变幻各种身姿，水流的碰撞声宛若银铃。到了深沉宁静的黑夜，水流则像黑暗中的一条白练，发出雄伟庄严的众声合唱。

我在这里发现了一种小河鸟，就像林中的红雀一样悠闲自在，溪流越是喧闹，它们似乎就越是兴奋。悬崖令人晕眩，陡峭的瀑布展示着激流飞泻的力量，雷鸣般的落水声令人心生畏惧，但这种小鸟一点儿都不害怕。它的歌声甜美低沉，它在隆隆水声中飞掠而过的姿态，展现出力量、平静与喜悦。看到这些大自然的宠儿在险恶的溪边筑巢，从浪花飞溅的鸟巢中飞出，我便赞叹道："这小鸟多么美丽啊，甚至胜过水潭旋涡中的水花。"温柔的小鸟，你给我带来宝贵的信息。我们或许不明白激流的启示，却在你甜美的声音里听到了爱。

7月13日

我们一整天都向东而行，沿着优胜美地溪盆地的边缘向谷底去，走了路程的一半，最后在一块被冰川打磨过的花岗岩上扎营。这块岩石无疑可以当作坚实的床铺。

我们还在小径上发现了一只大熊的足迹，于是"堂吉诃德"讲了一些熊的情况。我说，我很想看看这个留下大脚印的家伙是怎么行动的,悄悄地跟踪它几天，以便了解这种荒野巨兽的生活习性。"堂吉诃德"告诉我，这些低地出生的羔羊从未见过或听到过熊，但一闻到熊的气味就会打着响鼻，惊恐逃窜，说明它们与生俱来就认识天敌。猪、骡子、马和牛也都怕熊，一旦熊靠近，它们会吓得不知所措，尤其是猪和骡子。牧人经常把猪赶到海岸山脉和内华达山脉盛产橡子的山麓地带，他们赶着上百只猪，就跟牧羊一样。有熊靠近时，猪会成群逃窜，这通常发生在夜间，牧人根本无力阻拦。

由此看来，猪比羊聪明，羊只会四处分散，躲到岩石和灌木丛中听天由命。骡子一看到熊，不管背上有没有人，都会拔腿逃跑。要是被拴在木桩上，甚至可能为了挣脱绳索而把脖子扭断。不过，我还没有听说过有熊咬死骡子或马。据说，熊特别爱吃猪，能把小猪连骨带肉地吞下去，完全不挑部位。

德莱尼先生特地安慰我，内华达山脉的熊都非常警惕，猎人想接近熊，使其进入射程，比接近鹿或山里的其他任何动物都难得多。如果我真想仔细观察熊，就必须像印第安人一样耐心等待和观察，把其他事情全都抛在脑后。

夜幕降临，波浪般的灰色岩石在暮色中变得更加朦胧。这一带看上去如此粗犷而年轻。我们营地附近曾有冰川扫过，花岗岩上留下的痕迹十分明显，仿佛冰川昨日才消融。事实上，马匹、羊群和我们这些人都曾在最光滑的地方摔倒过。

7 月 14 日

  在这山间的空气中,睡眠让人就像死去一样,而醒来后又焕然一新。在这个宁静的黎明,天空先是黄色和紫色的,然后金色的阳光如潮水袭来,天地万物都勃勃欲动,焕发光芒。

  一两个小时后,我们来到优胜美地溪,它是所有优胜美地瀑布的源头。与莫诺山道的交会处,溪水宽约 12 米,平均深度为 1.2 米,流速约为每小时 4.8 公里。从这里到优胜美地峡谷外缘溪水俯冲之处,只有大约 3.2 公里。

  平静、美丽、近乎缄(jiān)默的溪水,姿态庄严地流动,两岸密布着修长的扭叶松,还有一条由柳树、紫色绣线菊、莎草、雏菊、百合、耧斗菜组成的穗边。

  一些莎草和柳树的枝条垂浸在水中,而在这片茂密的树林外,有一块阳光明媚的平地,上面是被冲刷过的碎石沙砾,应该是古代洪水沉积下来的。沙地上长满了红色百金花、绒毛蓼和芒绒毛蓼,花朵比叶子还多,形成一片平整的花田,其间点缀着一丛丛伞石薇,有的在花田上点出酒窝,有的在花田上泛起涟漪。

  在这条花带的后面,是一片起伏向上的坚硬花岗岩坡,许多地方被冰川打磨得非常光滑,在阳光下像玻璃一样闪闪发光。

  在低浅的洼地里长着成片的树林,大部分是粗犷的扭叶松,它们长在土壤稀少甚至没有土壤的地方,看起来形容枯槁。还有几棵矮壮的刺柏,有明亮的肉桂色树皮和灰色叶子,大多孤零零地站在太阳暴晒的路面上，远离山火，靠着小小的根系抓住地面。它们是树中历经风雨的登山家，以阳光和冰雪为生，坚韧而健康地生长了千年。

在盆地顶端，我看到一座座半圆形山丘耸立在波浪状的山脊上，还有些岩石形似城堡，银冷杉林形成深色的条块，表明那里土壤肥沃。我真希望自己有时间去研究它们。在这个界限分明的盆地，我一定能进行很多次收获颇丰的远足。那些冰川留下的碑文和雕塑看起来多么奇妙，将提供多么珍贵的研究材料！黎明时分，面对这壮丽的高山，我兴奋得浑身发抖，但能做的也只有凝望和赞叹，然后像个孩子那样，随手摘几朵百合，抱着些许期望，希望有朝一日能够好好研究。

牧羊人和牧羊犬费了好大的力气才把羊群赶过溪流。这是迄今为止它们在没有桥的情况下蹚过的第二条大河。第一条大河是鲍尔洞附近的默塞德河北支流。

人喊着，狗叫着，这群胆小怕水的动物被赶到岸边，紧紧挤成一团，却没有一只愿意下水。

"堂吉诃德"和牧羊人冲入惊恐的羊群中，想把最前面的羊逼入水中，没想到它们受惊后全都往回跑，在河岸的树林间乱窜，四散在岩石间。在牧羊犬的帮助下，逃跑的绵羊又被集合起来，然而面对溪水，它们再一次溃逃。疯狂的喊叫声和吠叫声一定惊扰了溪流，打断了天南海北的游客们都在聆听的瀑布之歌。

"把它们拦在这儿！现在就拦住它们！""堂吉诃德"喊道，"前

面的羊很快就会因为支撑不住而宁愿下水,其他羊就会跟着往下跳,很快就能过河了。"

然而,羊群并没有按照他的想法行事。为了躲避压力,它们几十只、几百只地成群后退,将美丽的河岸践踏得惨不忍睹。

只要能让一只羊过河,其余羊就会很快跟上,只可惜找不到这样的羊。我们抓住了一只羊羔,抱它过河,然后绑在对岸的灌木上,让它可怜巴巴地呼唤母亲。母羊非常担心,但也只是以叫声回应。利用母爱这招不管用,我们恐怕不得不赶羊绕上很远一段路,连续跨过几条广阔的支流。这得花上好几天,但也有好处,这样我就可以看到这条著名溪流的源头了。不过,"堂吉诃德"决定,必须在此过河。打定主意后,他立即展开围攻,砍下岸边较为细瘦的松树,圈出畜栏,大小刚够容纳挤在一起的羊群。由于畜栏面对溪流的一侧是敞开的,他相信这样就能轻易迫使羊群下水。

几个小时后,畜栏完工了,愚蠢的羊被赶到里面,被狠狠地推到岸边。

"堂吉诃德"穿过拥挤的羊群,把几只吓坏的倒霉蛋用力扔进水里,但它们依旧不肯过河,反而贴着岸边游水,拼命想要回到羊群。接着,又有十几只羊被推下水,"堂吉诃德"自己也跳进水里,他高瘦的样子像一只鹤,而且还是个天生的涉水好手。他抓住一只挣扎的阉羊,把它拖到对岸。可等他一松手,阉羊就又跳回水里,向畜栏里饱受惊吓的同伴们游去,可见羊的本性就像地球引力一样固执,就连吹着笛子的牧神——潘神,也无能为力。

我们束手无策。这群愚蠢的动物宁死也不愿意过河。

浑身湿透的"堂吉诃德"召开会议，说只能试试饥饿战术了。我们先舒舒服服地在这里扎营休整，让这群受困的畜生饥寒交迫，如果它们还有一点儿理智，总会想通。

这样被晾在一旁才几分钟，最前排的一只羊就冒险跳进水里，奋勇地游向对岸。之后，所有羊突然一哄而上，在水中互相踩踏，拉都拉不回来。羊们喘着气，呛着水，有些快要溺亡，"堂吉诃德"跳进最拥挤的一群羊中，左推右搡，把它们当作浮木。在水流的帮助下，羊群分开了一些，不久就形成一支弯曲的长队。几分钟后，羊群全部爬上对岸，开始咩咩叫着吃草，仿佛什么事都没发生过。

不可思议的是，竟然没有一只羊溺亡。我原以为会有数百只羊踏上浪漫的宿命之路，从世界上最高的瀑布被冲入优胜美地。

天色已晚，我们在岸边不远处扎营，让湿漉漉的羊群分散吃草，直至日落。现在羊的身上已经干了，心平气和地在舒适的岸上反刍食物，完全看不出白天经历过一场水战。我见过赶鱼出水，却也远不如赶羊过河忙乱。羊的大脑一定傻得可怜。相比之下，鹿可以安静地游过宽阔湍急的河流，在海洋和河中的岛屿间穿梭；狗，甚至是松鼠，也具备这样的本领。据说松鼠能挑选木片当作船只，用尾巴做帆，自如地驭风而行，横渡密西西比河。与它们相比，羊简直没资格被称为动物，一群羊加在一起才算得上一只愚蠢的动物。

第五章

优胜美地

这些露珠的分子多么奇妙、
多么精致,
一滴露珠中包含着千万颗粒子,
像野草一般在黑暗中静静生长。

7 月 15 日

我们沿着莫诺山道前往盆地东侧接近山顶之处,再向南来到一座延伸至优胜美地边缘的低浅山谷。中午抵达后,我们在那里扎营。

一吃过午饭,我就迫不及待地爬上高地,在印第安峡谷西侧的山脊上看到了此生见过的最壮阔的群峰景色。

默塞德河的上游盆地几乎尽收眼底,宏伟的半圆峰和峡谷,向上蔓延的黑色森林,直入云霄的白色群峰,一切都在发光,美丽的光芒就像火焰散发的热量,涌入我们的骨骼和血肉。阳光普照,没有一丝风打扰眼前的沉静。

我从未见过如此壮丽的风景,山峦之美的崇高与盛大仿佛没有边际。对于那些没有亲眼看见类似景象的人,最夸张的辞藻也不足以穷尽它的壮美与灵性之光。我在狂喜之中大喊大叫、手舞足蹈,令圣伯纳犬卡洛大吃一惊。它跑过来,聪慧的眼神透露出困惑和担忧,它那滑稽的模样让我重新恢复了理智。

有一头棕熊似乎也看到了我的表演,我刚走几步,它就冲出浓密的灌木丛，显然认为我很危险，因此跑得飞快，在纠缠不清的熊果林里连滚带爬。

卡洛退了回来，耷拉着耳朵，好像有些害怕。它一直盯着我的脸，仿佛在等我追上去开枪。它已经经历过不少回人熊大战了。

沿着向南逐渐下降的山脊，我终于来到了印第安峡谷和优胜美地瀑布间的巨大悬崖上。站在这里，声名远播的峡谷突然出现在眼前，一览无余。

庄严的山体被雕刻成形态各异的圆丘和山墙、尖顶和城垛，以及朴素的峭壁，随着雷鸣般的瀑布落水声而颤动。平坦的谷底如同花园，到处是阳光普照的草甸、丛丛松林和橡树林。默塞德河庄严地从中间流过，在阳光下闪闪发光。

雄伟的提西雅克，又称半圆顶山，从峡谷上方拔地而起，高度近乎1600米，外观匀称，如有生命，堪称所有山岩中最令人印象深刻的一座。它能让观看的目光充满虔诚的崇拜，无论在瀑布前，在草甸上，抑或是在远处的山中，人们都会一遍遍地回望这座奇妙的山岩，惊叹它令人目眩的高度和雕刻，惊叹它的坚强耐力。它屹立在苍穹之下数千年，历经雨雪冰霜、地震雪崩的考验，却依然洋溢着青春的活力。

我沿着峡谷边缘向西漫步，悬崖边缘大多已被磨圆，难以找到能够沿着石壁俯瞰谷底的地方。

最后我总算找到这样一块地方，我小心翼翼地站上去，身体挺直，忍不住担心石头滑落，令我失足坠落——下面就是900多米的深渊。不过，我的手脚没有发抖，对它们的信任也没打折扣。唯一担心的是有一块花岗岩可能会断裂，那上面已经有些大小不一、与岩壁面平行的裂缝了。

每次从那样的地方下来，我都因为刚才看到的风景兴奋不已，但同时也告诫自己："下次可不要站到峭壁边缘去了。"只不过面对优胜美地的美景，任何谨慎劝诫都是徒劳。在优胜美地的魔力之下，身体仿佛拥有自己的意志，想去哪里就去哪里，对此我几乎没有任何掌控力。

沿着这段难忘的石壁走了将近 1.6 公里后，我来到优胜美地溪，欣赏它以轻松、优雅与自信之姿，在狭窄的河道里勇往直前，唱着最后的山歌，迎向自己的命运——冲过闪亮的花岗岩，碎裂成雪白的水沫，俯冲近 800 米，进入另一个世界，消失在气候、植被和动物都截然不同的默塞德河。它从最后一座峡谷流出，变身为一条有着宽大花边的急流，沿着平缓的斜坡进入水潭，让激动不安的灰色水流稍事休息，为最后一跳做好准备。随后，它缓缓地流过水潭边缘，再加快速度顺着另一段光滑的斜坡流下，来到巨大的悬崖边缘，以崇高的信念迎接宿命，自由跃入空中。

我脱掉鞋袜，小心翼翼地沿着奔流的溪水向下走，手脚紧紧扣住光滑的岩石。轰鸣怒吼的水流几乎就在我的头附近冲过，实在惊心动魄。

我原以为，这段斜坡的终点就是垂直的峭壁，我从不那么陡峭的斜坡底部探身向前，就可以一睹瀑布倾泻到底的风貌和姿态。然而，我发现，那里有一块小岩石挡住了视线，而且过于陡峭，难以立足。

我仔细观察发现，在那块小岩石的边缘，有一块宽约7.6厘米的狭窄凸岩，刚好够我放下后脚跟。但我似乎没有办法越过如此陡峭的岩石到达那里。我仔细检查岩石表面，终于在离激流有一段距离的地方发现一块边缘不规则的岩片。如果我想走到悬崖边缘，唯一的办法就是用手指抓住那块边缘不规则的岩片。不过，旁边的斜坡看上去光滑而陡峭，十分危险，而上面、下面和身旁的急流不停地咆哮，也令人心惊胆战。

我明知不该冒险，但还是不由自主。附近的岩缝里长着几丛青蒿，我摘下几片苦涩的叶子塞进嘴里，希望靠它们防止晕眩。然后，我以前所未有的谨慎，安全下到那块小凸岩上，脚跟稳稳地踩着，然后水平挪动了6—9米，总算来到挂壁而下的水流旁。水流下落到这个高度已经变为白色。

我站在这里，获得了一览无余的视角：瀑布咆哮着俯冲，雪白的水流宛如拖着长尾的彗星。

站在那块狭窄的凸岩上，我并没有特别感受到危险。瀑布近在眼前，它的形状、声音和动态令人震撼，抑制了恐惧感。在那样的地方，身体会下意识地保护自己。我说不清自己在那里看了多久，又是如何返回的，只知道自己度过了一段辉煌的时光，日暮时分才回到营地。

胜利的喜悦过后，沉闷的疲惫感隐隐浮现。以后我要尽量避免前往令人如此放纵又神经紧绷的地方。但这一天的冒险还是值得。我第一次眺望内华达山脉的高处，第一次俯瞰优胜美地，聆听优胜美地溪的离歌，目睹它纵身跃下巨大的悬崖，每一项都足以成为一生中最伟大的财富。这是最令我难忘的一天，快乐得让人欲仙欲死。

7月16日

昨天下午的刺激，特别是站在瀑布顶上的体验，让我一夜难眠。因为神经紧绷，我不断惊醒。半睡半醒间还梦到扎营的大山地基塌陷，坠入优胜美地山谷。我想叫醒自己，再重新安睡，却徒劳无功。神经过于紧绷，我一次次梦到自己被抛到空中，身下是崩落的水流和岩石。我甚至一度跳起来大喊："这回是真的——每个人终有一死，登山者还能找到比这更棒的死法吗？"

天亮后不久，我们就离开营地，向东走了一整天。我们穿过印第安盆地的顶端，那里生长着大片红冷杉，树下大都是山地美洲茶和熊果。山地美洲茶多刺，在积雪的挤压下长得相当密实，而熊果的枝条弯曲而遒劲。两者混生在一起，让人难以通行。

从峡谷上部继续前进，经过北圆顶，进入圆顶山盆地或称豪猪溪地区。这一带的林间有很多美丽的草甸，繁盛地点缀着高山百合等花朵。这里海拔约为2438米，非常适合高山百合生长，有些植株甚至比我的头顶还高出30—60厘米。

山地美洲茶
Ceanothus cordulatus

站在这里，还可以看到高处的山脉和宏伟的南圆顶，后者被称为世界上最雄伟的岩石。或许所言不虚——它的体积和形状都如此庄重，如同一座令人难忘的纪念碑——尽管规模庞大，线条却精致细腻，仿佛一件栩栩如生的精美艺术品。

7月17日

今天，我们在一片美丽的银冷杉林中扎下新营。银冷杉林位于一条小溪的源头，小溪会从印第安峡谷流入优胜美地。我们打算在这里逗留几个星期——这里很适合进行探索大峡谷和溪流的短途旅行。我将度过一段美好的时光——画素描，压制植物标本，探究奇妙的地形和快乐的野生动物邻居。那些远方的大山，我会与它们相识吗？我是否有机会深入其间，居住一段时日呢？

中午时分，我们遭遇了一场骤雨。轰鸣的雷声回荡在山峦和峡谷间。有些雷声近在咫尺，在紧张清冽的空气中尖锐地炸响。透过云雾和雨幕，远处的山峰若隐若现。暴风雨过后，洗刷一新的空气中充满了花田和树林的芳香。优胜美地的冬季暴雪必定也同样壮观。真想亲眼看看！

我在新营地里铺好床——柔软舒适，带着诱人的芳香。床垫主要用红冷杉的枝叶铺成，枕头里则塞满各种甜美的野花。但愿今晚能睡个好觉，不再被噩梦惊扰。这时，我还看见一只鹿在吃美洲茶的叶子和嫩枝。

7 月 18 日

一夜好眠。半梦半醒之间，逼真地感到自己站在悬崖边缘，身边就是急剧跌落的白色瀑布，但山谷的峭壁不再坍塌。说来奇怪，现在我身处安宁的森林中，距离瀑布已有1.6公里以上，但那场冒险的危机感却比站在悬崖边时还要猛烈。

从脚印来看，这里似乎常有熊出没。大约正午时分，又是一场暴雨，雷声尖锐刺耳，带着金属般的叮当碰撞声，然后逐渐隐没，化为远方低沉的呢喃。有几分钟，大雨滂沱，如同瀑布，接着下起冰雹，有些直径足有 2.5 厘米，坚硬冰冷，形状不规则，就像在威斯康星州常见的冰雹。卡洛的眼睛闪着智慧的光芒，惊奇地看着冰雹落下，打在颤抖的树枝上。云景壮美至极。

下午风平浪静，天空晴朗、清澈。冷杉、野花和水汽蒸腾的大地散发出诱人的清香。

7 月 19 日

观看黎明和日出。淡玫瑰色和紫色的天空，缓缓变成水仙黄和白色，阳光穿过山峰之间的隘口，倾泻在优胜美地的圆顶山上，为它们镶上火焰般的金边。中间地带，银冷杉尖塔般的树顶尽染光辉，营地旁的树林也在充盈的光辉中兴奋不已。

万物苏醒，欣欣向荣。鸟儿和无数昆虫开始骚动，鹿悄悄躲进灌木丛的浓密枝叶中。露水蒸发了，野花张开花瓣，每一次脉搏都清晰有力，每一个细胞都欢欣鼓舞，连岩石似乎都有了生命。眼前的风景就像一张容光焕发的面孔。湛蓝的天空在地平线处已经泛白，像一朵硕大的花，宁静地垂下，笼罩万物。

中午时分，大片积雨云和往常一样在森林上方升起，暴雨倾泻而下，壮观的景象前所未见。

银色的之字形闪电宛如长矛，比以往更长，雷声轰隆锐利，令人震撼，能量巨大得仿佛每一击都能将山峦震碎。但被击中的或许只有几棵树,就像我在附近散步时,常会看到一些树被雷电击中,倒伏在地。最终,清脆的雷鸣变为低沉的闷响,渐渐隐没在回响不断的群山里,仿佛终于回到可以安息的家乡。之后又是一阵轰然雷鸣,或者说是一连串炸裂之音,或许刚好落在某棵巨大的松树或杉树上,将它们从头到脚劈开,劈成木条和碎片,散落一地。

终于,大雨从天而降,同样气势磅礴,倾洒在高低起伏的大地上,仿佛一层透明的薄膜,如皮肤般贴合在崎岖的地表上,让岩石闪光、壑谷充盈、溪流暴涨,一路震天呐喊,呼应雷鸣。

追溯一颗雨滴的历史充满趣味。

从地质学角度讲,第一颗雨滴落在新生的内华达山脉光秃秃的地表上并非很久以前的事。然而,现在这些雨滴的命运和当初相比是多么不同!它们幸福地落在美丽的旷野上,几乎每一颗的落下之处都美妙迷人——山巅、闪亮的冰川表面、雄伟光滑的圆顶山、森林、花田和灌木丛生的冰碛。

它们飞溅、闪烁、噼啪作响,将万物洗刷一新。有些落在高山积雪覆盖的泉源处,让贮藏变得更加丰盈;有些落入湖泊,清洗大山之窗,拍打如镜的湖面,掀起涟漪、泡沫和水雾;有些落入大小瀑布,仿佛迫不及待地想要加入它们的舞蹈和歌唱,激起更细腻的水花。

这些幸福的山间雨滴既幸运又努力,每一颗都像从天而降的瀑布,从云国的悬崖与凹地,落到岩石的悬崖与凹地,伴着天空的隆隆雷声,汇入轰鸣的河水。

有些雨滴落在草甸和沼泽上，悄无声息地爬到草根，轻轻地滑入土壤，如躲入巢穴，然后四处渗透，寻找机会完成自己被赋予的使命；有些雨滴从树林的尖顶坠落，在闪亮的松针间筛出细细的水沫，向每一根松针低诵和平与祝福；有些雨滴带着快乐的目标，落在石英、角闪石、石榴石、锆石、电气石、长石等晶体表面，滴滴答答地拍打着金粒和饱经风霜的金块；有些雨滴打在藜芦、虎耳草和杓兰的宽阔叶片上，发出钝重的啪啪声和低沉的鼓声；还有些幸福的雨滴直接落到花冠里，亲吻百合花的芳唇。无论要走多远，注满多少大大小小的花冠，甚至那些小到看不见的细胞，雨滴都同样悉心。不管是只能容纳半滴雨露的花冠，还是山间的湖泊，雨滴都给予同等的眷顾。

大雨中的每一颗雨滴都如同一颗新生的银色星星，湖泊河流、花田树林、溪谷山峰，一切风景都倒映在它们如水晶般透明闪耀的内心深处。它们是自然的信使，是爱的天使，带着威严、壮丽和力量踏上了旅程，使得人类最伟大的成就也显得荒谬可笑。

雨过天晴，最后一波滚雷声也已消逝在山巅。雨滴现在去了哪里？那些闪亮的线条变成了什么？有些已经化为蒸腾上升的水汽，匆匆返回天空；有些进入植物，穿过无形的大门，渗进细胞的圆房；有些锁在冰晶之中；有些在岩石的晶体里；有些躲进冰碛的孔隙，保持泉水涓涓流动；还有些随着河流踏上旅程，去和海洋中更大的雨滴汇合。它们变幻形态，却始终美丽；它们不停变化，永不停息；它们全都带着爱的热忱加速前行，与星辰一起吟唱造物的永恒赞歌。

7 月 20 日

美好而平静的早晨，空气清冽，没有一丝风。

万物都在闪光，带着潮湿晶体的岩石，挂着露水的植物，全都得到彩虹色的露珠和阳光，就像动物们分到各自的早餐。露水是天赐的食物，就像无数颗小星星，从满天星斗的空中落下。这些露珠的分子多么奇妙、多么精致，一滴露珠中包含着千万颗粒子，像野草一般在黑暗中静静生长。

要保持这片荒野的健康，需要付出多少努力——降雪、降雨、降露、倾洒阳光，还有看不见的水汽蒸腾、云、风，各种天气，以及植物之间、动物之间的互动，复杂得超乎想象。

大自然的手法又是多么精妙！美与美之间深刻地层叠交织！地上覆盖着晶石，晶石上覆盖着苔藓、地衣以及在低处铺展的青草和野花，上面交织着颜色与形状各异的大型植物叶片，最上面则是冷杉的宽大手掌，湛蓝的苍穹如一朵钟形花笼罩万物，星辰之外还有星辰。

远方矗立着南圆顶山，山麓在我们下方约 1200 米，山顶却远比营地更高。这块雄伟的岩石状若沉思，充满生命之光，没有一丝暮气，而是充满灵性，看起来既不沉重，也不轻佻，像神明一样，坚定地散发出宁静之力。

我们的牧羊人是个怪人，在这片荒野上显得格格不入。他的床铺在畜栏南墙的一根木头旁，就是在干燥的红色腐殖土里挖一个

洞。他躺在那里，穿着从来不换的衣服，裹着红色毛毯，吸进腐木灰和畜栏的扬尘，好像在嚼了一整天烟叶后，决定晚上再吸一宿氨气才爽。

平时，他跟在羊群后面，腰带一侧挂着沉重的六连发手枪，另一侧挂着午餐袋。他把刚煎好的肉挂在腰间，闪亮的油脂和肉汁从午餐袋的旧布料里渗出来，顺着右胯和右腿滴滴答答地往下淌，凝成一大串"钟乳石"。但这层油脂很快就分解了，在他坐下、翻身、跷脚坐在圆木上休息时，又均匀地沾染到他仅有的衣服上，不仅令他的衬衫和长裤油光闪闪，甚至还使其具有了防水功能。特别是他那条沾满油脂和树脂的长裤，上面不仅粘上了松针、树皮的薄片和纤维、头发、云母片、石英和角闪石的颗粒，而且还有羽毛、种翅、蛾子和蝴蝶的翅膀、无数昆虫的腿和触须，甚至还有整只小甲虫、飞蛾和蚊子，外加花瓣、花粉尘和这一带所有动植物和矿物的碎片——这一切全都牢牢地粘在上面。因此，他虽然不是什么博物学家，却收集了各种标本，远比他自己所知的富有。此外，由于空气纯净，外加有沥青般的树脂基底，他身上的标本保存得相当新鲜。

每个人都是一个微型宇宙，至少我们的牧羊人，或者说他的裤子即是如此。他这身宝贝衣服从来不脱，也没人知道它们穿了多久，但或许可以通过它们的厚度和同心圆结构来推测。他的衣服不是越穿越薄，而是越穿越厚，而且从层层堆积物来看，已经具备了不同凡响的地质学意义。

除了放羊，比利还兼任屠夫，我则负责清洗铸铁锅和锡制餐具，外加烤面包。做完这些琐碎的工作，等太阳爬到山巅，我就离开羊群，在荒野中自由漫游，享受这不朽的日子。

我在北圆顶上画素描。这里几乎能将整座山谷和几座高山尽收眼底。我很想画下眼前的一切——岩石、树木和叶子，但能做的只有勾勒出轮廓，标注一些只有我自己能看懂的记号。尽管如此，我还是削尖铅笔，继续工作，仿佛我做的事情也能对他人有所裨益。

至于这些画稿是像落叶一样随风而逝，还是像信件一样寄给朋友，都无关紧要。对于没有亲眼见过类似风景的人，这些画能传达的意义有限。荒野如同一门语言，需要学习才能理解。

这里没有痛苦，没有空虚，没有无聊，没有对过去的恐惧，也没有对未来的担忧。这片神佑的群山没有空间留给人类渺小的希望和经验。饮下这美酒琼浆是纯粹的快乐，呼吸这新鲜空气亦是如此，肢体的每一个动作都是享受。整个身体都在感受美，就像感受营火和阳光，不仅靠目之所见，还靠肌肤所感受到的热量，这一切产生了一种无以名状的激情狂喜。这时，就连人的身体也会变得通透，如同一块透明的水晶。

我像一只栖息在优胜美地圆顶山上的苍蝇，凝望、素描、沉思，时常陷入无言的赞叹，甚至不敢指望有太多收获。我只是希望自己满怀渴慕之情，谦卑地拜倒在自然的伟力前，通过不懈努力，克己忘我，以便领会这份神圣手稿中的所有启示。

比起理解或诠释，优胜美地的壮美更适合感受。

岩石、树木和溪流的组合是如此和谐，不会让人感到一丝突兀。900多米的悬崖边上长满了高大的树木，茂密得像低地山坡上的野草，而在悬崖脚下是一条1.6公里宽、11—13公里长的带状草地，看上去就像农夫在一天之内能收割完的庄稼地。无论是150米、

300米还是600米的瀑布，在它倾泻而下的峭壁面前都显得如此渺小，渺如烟雾，柔若浮云，但声音却充斥着山谷，震撼着山岩。

群山也是如此，绵延在东方的天空下，而群山前面的圆顶和圆顶之间圆润的曲线越升越高。山坳间生长着深色树林，繁盛而美丽，宁静而安详。它们仿佛要将优胜美地那神殿般的宏伟掩藏起来，好让它低调地融于这片广袤和谐的风景中。因此，单独欣赏任何一种景物的想法都难以如愿，因为总会受到其他景物压倒性的影响。

这仿佛还不够！看，天空中又升起一座云山，与地上的山脉同样险峻、雄伟——同样的雪峰、圆顶，同样处在阴影中的优胜美地峡谷——它是另一个积雪覆盖的内华达山脉，暴风雨预兆下的新造物。大自然不仅温柔爱美，而且还有激烈热切的狂野的一面！它描绘出百合，加以浇灌，以温柔之手抚摸，如园丁般照料一朵朵花。同时，它又打造出岩石磊磊的峻岭和由闪电雨水构成的云山。

我们兴高采烈地跑到悬崖下躲雨，仔细欣赏令人安心的蕨类和苔藓，它们就像大自然温柔地留在岩缝间的爱情信物。还有雏菊和鼠尾草，它们是阳光的野孩子，弱小却无所畏惧。有了它们的陪伴，心灵仿佛回到了家园，风暴的声音也变得温柔。

现在，太阳破云而出，大地升起芬芳的蒸汽。鸟儿在树林边唱歌。西方是一片绚烂的金紫色云霞，预示着日落盛典即将开始。

我带着笔记和素描往营地走，最美好的画面已经印在我的脑海里，如同梦境。这是硕果累累的一天，仿佛没有确切的开始和结束。

给母亲和几个朋友写信,提到我在山中的见闻。他们仿佛近在咫尺,触手可及。独处越久,孤独感就越弱,离朋友就越近。吃完面包喝完茶,躺在杉树枝铺成的床上,与卡洛道了声晚安,再看一眼夜空中的百合花,然后沉沉睡去,直到又一个内华达山脉的黎明。

7月21日

在圆顶山写生,无雨。中午的天空约有四分之一的云,在溪流源头的雪峰上投下美丽的阴影,恰好为炎热午后的花田遮阴。

看到一只普通家蝇、一只蚱蜢和一只棕熊。苍蝇和蚱蜢在圆顶山上愉快地拜访了我,而我在圆顶山和营地之间的一小片花园里拜访了棕熊。它警惕地站在花丛间,仿佛故意想被我看见。

我今早走出营地还不到800米,在我前面小跑的卡洛突然警觉地停下脚步。它垂下尾巴和耳朵,敏锐的鼻子向前伸,仿佛在说:"咦,前面是什么?好像是熊。"它小心翼翼地往前走了几步,脚步轻柔得像一只正在狩猎的猫。它探究地闻了闻空气,直到所有疑虑烟消云散,才跑回来看着我,用那双会说话的眼睛报告附近有熊。

它谨慎地领着我往前走,像一位经验丰富的猎人,不发出一点儿声音,还不时回头看我,好像在低声说:"没错,是熊。跟上,我带你去看看。"此时,阳光从杉树紫色的树干间倾泻而下,说明附近有一片开阔地。卡洛绕到我身后,显然确定熊已经离我们很近。

我蹑手蹑脚地走到狭窄花田旁一块冰碛巨石的较矮一端，俯下身，确信熊就在附近。

我急切地想要好好地看一眼这位健壮的登山者，但又不敢惊扰它，于是我悄悄躲到附近的一棵大树后，微微探头，越过隆起的树根往外看。我的邻居棕熊先生就在不远处，臀部被高大的花草遮住，前爪搭在一棵倾倒的冷杉树干上，脑袋高高抬着，仿佛直立站着。它尚未发现我，但在凝神观察与倾听，说明它多少已经意识到有人类靠近。我仔细观察它的动作，想充分利用这个机会来了解它，又担心它看到我后会转身跑掉。我听说这种肉桂色的棕熊对邪恶的人类兄弟唯恐避之不及，除非受伤或保护幼崽，否则不会发起攻击。

它警觉地站在阳光灿烂的森林花园里，构成一幅生动的画面。它完美地扮演着自己的角色，无论体形、颜色还是蓬松的毛发，都与树干和茂盛的植被相得益彰，与周围的风景融为一体。

我从容地观察，看它探询地伸出尖嘴，宽阔胸膛上长着蓬松的长毛，僵硬直立的耳朵几乎埋在毛发里，脑袋缓慢而沉重地转动。

这时，我突然觉得应该看看它奔跑的姿态。于是，我突然冲向它，又叫又嚷，挥动帽子，期盼它会吓得撒腿就跑。可惜它没跑，甚至没有任何逃跑的迹象。相反，它直起身子，做好了战斗和自卫的准备。它低下头，向前探，眼神凶狠锐利地盯着我。我突然害怕起来，觉得应该逃跑的是我。但是我又不敢跑，只好像熊一样坚守阵地。我们站在距离彼此10米开外的地方，严肃地瞪着对方，我真希望那个传言是真的：人类的眼神强大，能够战胜野兽。

我不知道剑拔弩张的对峙持续了多久，但熊最终不慌不忙地把巨大的熊爪从圆木上移开，从容地慢慢转身，朝着草甸的另一头悠然走去，还不时停下脚步，回头看看我是否追上，然后又继续往前走。显然它并不害怕我，但也不信任我。

它约有227公斤重，魁梧粗犷，充满桀骜不驯的野性，但它也是个快乐的家伙，在这片乐园上愉快地生活。我与它相遇的这片林中空地盛开着鲜花，美得像一幅没有画框的油画。这是我迄今见过的最美的花田之一，是大自然珍贵植物的温室。高大的百合花在熊背上方摇曳花冠，天竺葵、翠雀花、耧斗菜(zhú)和雏菊拂过熊的身侧。或许有人会说，这里怎么会是熊的地盘？它应该是天使之地。

在大峡谷里，熊先生是最高统治者。它们无忧无虑，有千种食物可以享用，从不会遇到饥荒。它们的粮食一年四季都有，就像储藏室的库房，一排排地摆在大山的货架上。它们从一个货架爬到另一个货架，上上下下，依次品尝和享用不同气候带的美味，就像跋涉千里去到南北各国，品尝各地的特色美食。

我想更多地了解这位毛茸茸的兄弟——虽然今天早上我那位优胜美地的熊邻居大摇大摆地走出视线后，我无奈地回到营地去拿"堂吉诃德"的来复枪，好在必要时射杀它，保护羊群。所幸我没再见到它。往霍夫曼山方向追踪了两三公里后，我祝它一路平安，便愉快地回到圆顶山，继续我的工作。

我坐下来画素描时，心里还在回味刚才那次人熊邂逅。

家蝇在我身边嗡嗡飞舞，自在得像在家里一样。我好奇是什么把家蝇吸引到这么高的山上。像它们这样的饕餮食客，对寒冷很敏感，更喜欢住家的舒适。它们是如何从一个大陆来到另一个大陆，跨越确定动植物种类边界的海洋、沙漠和山脉的？有些甲虫和蝴蝶只在很小的区域内存活。山脉中的不同山峰，甚至同一座山的不同地带，都可能拥有当地独特的物种，但家蝇似乎无所不在。我很好奇，海洋上有没有哪座岛屿没有苍蝇。绿头苍蝇在优胜美地的森林里大量存在，它们的产卵数量惊人，时刻准备着来一顿腐肉大餐。

这里也有大黄蜂，无限的花蜜和花粉让它们衣食无忧。蜜蜂在山麓地带数量众多，但在这个高度难觅踪影。第一群蜜蜂被带到加利福尼亚也不过是几年前的事。

蚱蜢是奇特而快乐的家伙。它们会去高山远足，虽然不知道能爬多高，能走多远，但至少和优胜美地的观光客难分伯仲。

今天下午，有只蚱蜢在圆顶山上为我唱歌跳舞，有趣极了。它看上去兴高采烈，精力无限，一跳6—9米高，然后落下来，再一跳而起，接近最低点时还会发出尖锐的乐音。它如此上下跳跃十多次，又是唱歌又是跳舞，休息片刻，又接着上蹦下跳。它在空中歌唱和跳下时划出的弧线，颇似松松挂着的绳子，两头系在同样高度，每次划出的弧线都差不多。

无论大小，我都还没见过像蚱蜢这般勇敢、活泼、敏锐、无忧无虑地享受生命的动物。这种逗趣的红腿蚱蜢是大山最乐呵的孩子，它们的生活似乎就是由纯粹的快乐浓缩而成。唯一能在活力、嬉闹和乐不可支上与之相比的，只有道氏红松鼠。

真是奇妙，就连巍峨的群山也会被这种奇怪小家伙的大嗓门的欢呼声点亮。面对尘世的沮丧和愁闷，蚱蜢的天性里自带一种豁达，会像孩童一样发出欢呼。我不知道这声音是怎么发出来的。它们在地上时悄无声息，从一处跳到另一处时也没有动静，只有在曲线俯冲时才会发出声音，仿佛俯冲这个动作需要借助发声才能完成。而且，它们俯冲得越有力，欢快的声音就越嘹亮。演出中场休息时，我想靠近观察它，但它不许我靠近，富有弹力的双腿随时准备起跳逃跑，眼睛也一直盯着我。

这个小家伙在圆顶山上为我跳的舞，就像一场精彩的宣讲，可这里更像是石头的宣讲之处，而不适合蚱蜢。对于一个如此小巧的宣讲者，这里的讲坛过于宏大。

然而，大自然能酝酿出如此歌声，世界就不会有软弱屈服的危险。就算是熊也没法像这只滑稽的小跳虫一般，如此生动有力地表达群山的生机、力量和幸福。它们的生命中没有愁苦的阴云，没有萧索的冬日。对它们来说，每一天都是节日。当它们终于走到生命的黄昏，我想它们会依偎着森林的大地，像落叶和花朵一样死去，不留下难看的、需要掩埋的遗体。

夕阳西下，我也要返回营地。晚安啦，三位朋友——棕熊是伊甸园般美丽的树林和花园里粗犷的能量巨石；不知疲倦的家蝇用薄纱般的翅膀搅动整个世界的空气；而蚱蜢，清脆火花般的快乐，如同孩子的笑声，让巍峨的群山也变得活泼起来。谢谢你们，谢谢你们三位的快乐陪伴。晚安，三位朋友，晚安。

7月22日

今天早上，一只漂亮的黑尾鹿蹦蹦跳跳地经过营地。这是一只雄鹿，鹿角巨大，活力与优雅令人钦佩。

我惊叹于这些野生动物的美丽、强壮和迷人的仪态。它们仅由大自然呵护，饲养家畜的经验使我们担心这些"遭到忽视"的野生动物会退化，但在大自然的哺育和教养下，各种动物都在茁壮成长。

黑尾鹿
Odocoileus hemionus columbianus

鹿和所有野生动物一样，像植物一样洁净。它们在警觉或沉静时的动作与姿态之美，甚至比它们跳跃时所展现的旺盛活力更动人。它们的一举一动都无比优雅，如同一首歌颂风度的诗篇。

人们常将大自然比作母亲，虽然她并非真的母亲，然而在各种天气和野外环境中，她是多么明智、严厉又温柔地照料孩子。

越是观察鹿，就会越钦佩这些登山家。它们以平稳持久的力量，深入崎岖的蛮荒之地，穿过茂密的灌木丛和树木倾圮、遍布巨石的森林，越过峡谷咆哮的溪流与覆盖白雪的原野，始终展现出美丽和勇气。几乎在整个大陆上，无论是佛罗里达的草原和山丘、加拿大的森林，还是遥远北方的苔原，鹿都能找到家园。它们畅游过湖泊与河流，在大海的怀抱中来往于浪花拍岸的岛屿间，或是登上崎岖的高山，不管在哪里都健康能干，为所有的风景增添美丽——它们是真正令人敬仰的生命，是大自然伟大成就的证明。

我在为一棵红冷杉画素描。它矗立在营地以东几百米的花岗岩山脊上，是一棵经历过暴风雪的好树。它高约30米，长在裸露的岩石上，扎根于不足2.5厘米的石缝间，鼓起的根部形成一个可以承重的底座。

在它还是幼树时，一场来自北方的暴风雪几乎将它折断。它的树冠向外折倒，饱经风吹雨淋，已经枯死，而从折断处的下方又抽出一根新枝，重新长成了主干。新主干的年轮数量已经超过了枯枝，从中可以推断出暴风雪发生的时间。这种红冷杉的侧枝本来应该水平环绕主干，如今却弯折向上，直立生长，代替枯死的主干长成一棵新树，实在是奇妙。

　　周围许多松树和杉树也见证了这场毁灭性的暴风雪。有些高达15—23米的树木折断在地，像草一样被埋在土里。有时整片树林消失了，仿佛被彻底清除，直到春天雪融时才能看到些许枝条和松针。那些更有韧性、未遭摧毁的幼枝重新开始生长，在风的助力下，有的直立起来，有的则多少有些弯曲。那些主干折断的树，会把折断处下方的侧枝当作主干，形成新的发育轴。这就像背部断裂之人只能佝偻驼背，但从断裂处以下又笔直长出新的脊柱，还渐渐发育出新的手臂、肩膀和脑袋，而受损的旧躯体就渐渐死去了。

　　一如往常，雄伟的白色云山和圆顶又出现在正午的天空中。山脊、山脉形态各异，仿佛大自然格外热爱这份工作，日日投入无限精力，孜孜不倦地创造出永不磨灭的美。天空划过几道之字形闪电，雨下了五分钟，之后渐渐停歇，重又放晴。

7月23日

　　正午的云之国，再次展现出令人百看不厌的力量和美感，但很遗憾，无法用绘画和文字描绘。

可怜的凡人该怎么描述云呢?当人类试图描述巨大发光的圆顶和山脊、朦胧的海湾和峡谷、边缘装饰着羽毛的沟壑时,云朵却已然消失,不留一丝痕迹。这些转瞬即逝的天空之山与其下更为持久的花岗岩之山一样坚实壮阔。它们都要经历隆起和消亡,在自然的日历中,持续时间的长短并没有差异。我们只能在好奇、崇拜和钦佩中幻想,甚至对那些最有共鸣的朋友也不敢提及。庆幸的是,我们知道每一粒晶体、每一滴水汽,无论坚硬还是柔软,都不会消失。它们下沉和消散只是为了一次又一次地以更美的形态出现。

至于我们人类自己的工作、职责、影响力等,已经制造出太多麻烦,却影响不了大自然发挥应有的作用。我们不如保持静默,就像岩石上的地衣。

7 月 24 日

正午时分,云占据了半个天空,大雨下了半小时,冲刷着世界上最纯净的风景。大地一尘不染,即便是大海,也不会比路面和山脊、圆顶山和峡谷,还有如浪花白沫般的山巅积雪更洁净。

天空中最后一丝云消散后,树林显得清新而静谧。几分钟前,每棵树都还在兴奋地舞蹈,向咆哮的暴风雨鞠躬致意,挥舞、转动、摇荡枝条,如同膜拜神灵。虽然在外人听来,这些树现在相当沉静,但它们的歌声从未止息。每个隐藏的细胞都在随着音乐和生命悸动,每丝纤维都像竖琴之弦般颤动,而香气不断从分泌香脂的花朵和叶片中释放出来。难怪说山丘和树林是神最初的圣殿,它们遭到的砍伐越多——建成大教堂和礼拜堂,神自身的光辉反而越遥远黯淡。

石头教堂也是如此。在我们营地树林的东侧，矗立着一座大自然的大教堂。那是在鲜活的岩石上凿刻出来的，样式与常见的教堂几乎相同，高约610米，装饰着高贵的尖塔和尖顶，在倾泻的阳光下充满生机，宛如一座有生命的丛林圣殿，因此得名"主教峰"。

就连牧羊人比利也会偶尔望向这座奇妙的山峰建筑，尽管他显然对岩石的布道充耳不闻。在自然之美的光辉下无动于衷的人，就好比在火中拒绝融化的顽雪，实在令人惊奇。我曾怂恿他到优胜美地峡谷的悬崖眺望，欣赏一下令全世界游客慕名前来的风景，甚至还答应替他照管一天羊，可他依旧不去，哪怕离这座著名的峡谷只有不到2公里，仅仅出于好奇去瞧一瞧，他也不肯。

他说："优胜美地是啥？不就是个峡谷吗？有很多石头，地上有个大洞，掉下去会很危险，这样的地方最好离远点。"

"但是想想那些瀑布，比利。"我说，"想想我们那天穿过的大河，从空中坠落近800米。想想它发出的声音。你现在都能听到，就像大海的咆哮。"

就这样，我努力把优胜美地推销给他，但他依然不为所动。

"站在这么高的地方，我可不敢往下看。"他说，"那样我会头晕目眩。再说，也没什么好看的，只有石头。我在这里早就看够了。花钱去看石头和瀑布的游客都是傻子，仅此而已。你糊弄不了我。我在这个国家已经待得够久，不会上当了。"

我想，这样的灵魂不是已经睡着了，就是被庸俗的欢乐和忧虑窒息迷惑了。

7月25日

  又是一片云国。有些地方的云看上去过熟而腐败，湿漉漉的，邋里邋遢，被风扯成一条条一块块，在天空中显得杂乱无章。但内华达山间夏日午后的云却不是这样。它们美轮美奂，轮廓和线条流畅明晰，如同被冰川磨蚀过的圆顶山。

  云量大约在十一点左右开始增多，离我们的高山营地近在咫尺，清晰可辨，让人忍不住想要爬上去追踪那些从阴暗泉眼里奔涌而出的溪流。它们往往降下瓢泼大雨，壮观得如同山间飞泻的瀑布。

  在我所有的旅行经历中，我从未见过比这些正午的云山更新奇、更有趣的东西。它们优美的色调，壮观而迅速的生长，以及时时变化的景色和效果，大都难以用辞藻描述。不过，我会经常想起雪莱写云的诗句："我筛落雪花，洒向下界的群山。"[1]

---

1 出自雪莱的诗作《云》。

第六章

霍夫曼山
和特亚纳湖

我们不禁想到，
每一颗晶体里，
每一个细胞中，
都有和我们一样跳动的心脏。

7月26日

漫步至霍夫曼山的峰顶，海拔约3353米，这是我人生旅程中踏足过的最高点。

周围的风景无比壮丽，全新的植物、动物、矿物，还有众多比霍夫曼山更巍峨的山峰，沿着山脉的轴线辉煌高耸，宁静而雄伟，山体覆盖着白雪，沐浴着阳光。巨大的圆顶山和山脊线在阳光下闪耀，山坳中散落着森林、湖泊和草甸，蔚蓝的天空宛若钟形花冠，笼罩万物。

这是进入未知之境的光辉日，大自然仿佛在轻声召唤："到更高的地方来吧！"我心中有很多疑惑，对眼前的辽阔景象所知甚少，我急切而惶恐地盼望，有朝一日能了解更多，领会这奇妙书页上密布的神圣符号。

霍夫曼山是这条山脉或支脉的最高峰，距离主山脉的中轴线大约23公里。它可能是不均匀的风蚀作用留下的残迹，从主山脉中被分隔出来。特纳亚溪和圆顶溪沿着霍夫曼山的南坡流入优胜美地谷，北坡的部分溪水流入图奥勒米河，大部分则通过优胜美地溪进入默塞德河。

这里的岩石主要是花岗岩，还四处散落着红色变质板岩构成的山丘和尖顶，造型别致，有些像柱子，有些像残存的城垛。花岗岩和板岩都有裂缝，仿佛砖石建筑上的石块。

厚厚的冰雪堆积在凉爽而险峻的北侧山坳里，形成优胜美地溪终年不绝的最高水源地。南坡的地势较缓，更易于攀登。狭窄如缝的峡谷从山顶垂直延伸下来，看起来像条条小路，显然是由不够坚固的岩床被侵蚀而成的。人们将这里称作"魔鬼的滑梯"，但它太高，通常不会有魔鬼出没。我们在书里读到过魔鬼曾经攀上一座险峻的高山，但它的足迹很少出现在林带线以上，因此不太可能是登山家。

宽阔的灰色山顶由于长年受风雨摧残，看起来似乎贫瘠不毛，但仔细观察就会发现上面覆盖着数不清的迷人植物。它们的叶子和花朵很小，几百米以外就看不出明显的颜色。潮湿的空地上，一丛丛淡蓝色的雏菊展露自信的微笑；潺潺溪流的两岸，有不同种类的绒毛蓼、绢叶鼠莓、钓钟柳、鹰钩草以及成片的报春——一种美丽的灌木。我还发现了线香石楠，一种开紫花的美丽石楠，墨绿色的叶子与帚石楠类似。

此外，还有三种我没见过的树——一种铁杉和两种松树。

铁杉是我见过的最漂亮的针叶树，枝条和主干婀娜多姿地垂下，茂密的叶子包裹着纤巧敏感、随风摇曳的枝丫。如今正值花期，花朵和上一季的千万只球果同时挂在下垂的枝条上，搭配出棕色、紫

色和蓝色混杂一处的缤纷效果。

  我开心地爬上遇到的第一棵铁杉，陶醉在枝叶间。皮肤触碰到花朵竟会感到刺痛！花朵的雌蕊色泽很深，呈深紫色；雄蕊则是蓝色的，几乎半透明，生动纯净，宛如山间的天空。我在内华达山区见过的所有树花中，铁杉花的美丽最不寻常。

  这些迷人的树木矗立在这里，无论形态、外观和风韵，都拥有女性般精致的优雅和美丽，可它们却直面最猛烈的鞭笞，承受了几个世纪严冬的暴雪。

  另外两种松树——山白松和白皮松——同样是历经风雨考验的勇者。山白松是糖松的近亲，但松果只有10—15厘米长。最大的山白松在距地面1.2米处的直径约为1.5—1.8米，树皮呈棕色。只有几棵饱经风霜的"冒险家"长在靠近山顶的地方。白皮松是林线的界限，已经完全矮化，我们可以跨过它的树顶，就像跨过积雪覆盖的灌木丛。

  我们陶醉于这座饱经风霜的空中花园，身处绵绵群山的环抱中，日子也显得无边无际。

  令人惊奇又钦佩的是，越是蛮荒寒冷、风雪肆虐的山峰，越是神采奕奕，生长的植物也越美丽。为山顶染上色彩的无数花朵，不像是从干旱粗粝的沙石中长出来的，更像是一群访客，来见证大自然的慈爱，而我们却因为胆怯无知，将这里称作蛮荒之地。

  这一带的土地看似沉闷，令人生畏，但实际上不仅生长着丰富多彩的植物，还有云母、角闪石、长石、石英、电气石等闪闪发光的晶体。有些地方光芒耀眼。五颜六色的光线迸发出一片流光溢彩，与植物共同优雅而勇敢地创造着美——每一块晶体、每一朵花都是通往天堂的窗口，都是映出造物主的明镜。

我心醉神迷地漫游着，从一片花田到另一片花田，从一道山脊到另一道山脊，一会儿跪在地上凝视雏菊，一会儿在开着紫色和天蓝色花朵的铁杉间不断攀登，一会儿又俯身发掘积雪中的宝藏，或是眺望远处的山峰、湖泊和森林，以及图奥勒米河上游汹涌的冰河，并努力将它们画下来。

置身于这样的美景中，被美的光芒刺穿，全身都有一种酥麻之感。谁不想成为一名登山家呢？站在这里，人世间的一切奖赏都显得微不足道。

特纳亚湖是我眼前众多冰湖中面积最大的一个，湖畔风光也最为优美。它长约 1.6 公里，南侧湖中插着一座气势磅礴的山峰，主教峰就在其上几公里处。北侧有许多平缓起伏的山峰和圆顶，南方远处的众多雪峰则是河流的源头。

霍夫曼湖波光粼粼，就在我的脚下，闪亮的湖岸环绕着山白松。北边是风景如画的优胜美地溪盆地，片片小湖和水潭熠熠生辉。

然而，无论这些明亮的水面多么引人注目，我们的目光还是会被主山脉列队的群峰吸引走，它们身披白雪，沐浴阳光，令人沉醉。

卡洛抓住了一只不幸的土拨鼠——最顽强的山地动物，当时它正要从草丛跑回岩石堆里的窝。我努力想把它救出来，可惜徒劳无功，只好告诫卡洛以后不许再随意杀死任何动物。

随后，我第一次看见奇特的鼠兔。这种小兔子会咬断大量的羽扇豆和其他植物，铺在太阳下晒成干草，再存到地下粮仓，以便度过漫长而多雪的冬季。看到这些刚被咬下来的植物四处摊在岩石上，我不由得惊叹在这孤寂的山巅也有热火朝天的生活。

这些晒干草的小家伙，承蒙上天的眷顾，被赋予了和我们类似的大脑，它们既带给我们无数启发，也让我们更具同情心。

一只老鹰在峭壁上方翱翔，想必它的巢穴就在那里。它同样令人惊叹，不仅展示着生命的力量，也让人想到荒野上的其他居民——林中照顾幼崽的鹿；强壮魁梧、毛发厚实、吃饱喝足的熊；精力旺盛的松鼠；受到眷顾的鸟儿，无论大小，总能让树林充满甜蜜的欢声笑语；还有成群的昆虫在阳光下快乐飞翔，演奏着嗡嗡的欢乐颂。

所有这些动物,加上植物居民和一路欢唱着奔流入海的溪流,全都浮现在我的脑海中。但印象最为深刻的,还是焕发光彩的荒野,它的面孔展现出令人敬畏的永恒宁静。

日落时分,我带着愉悦的心情奔向营地,沿着悠长的南坡,跨过山脊与深谷,花田与雪沟,穿过冷杉林和灌木林,享受着狂野的兴奋和充沛的力量,为这仿佛没有尽头的一天画上句号。

7月27日

起床前往特纳亚湖——又是美好的一天,足以让人铭记一生。岩石、空气,万物都在有声或无声地诉说。快乐、美妙、迷人,让人忘记疲惫,忘记时间。当我们像归家一样进入大山的心房,此刻和未来全都再无他求。平直的阳光抚摸着杉树顶,每一片叶子都闪烁着露水的光芒。

我一直向东走,右手边是幽深的特纳亚溪谷,左手边是霍夫曼山,特纳亚湖在正前方约16公里处,霍夫曼山的峰顶在我头上近千米处,而我脚下约1200米的地方流淌着特纳亚溪,它与形状不规则的浅谷逐渐被平缓的圆顶山和波浪般的山脊隔开。

我大都沿浅谷而行,山谷间有许多长满青苔的翡翠色沼泽、草甸和花田,供我涉水和漫步。一路上,我遇到的植物是多么美妙,蹚过的溪水是多么欢乐,见到的霍夫曼山和主教峰的石雕又是多么壮阔。第一次走在特纳亚湖畔，闪亮的花岗岩路面是多么宽阔。

我悠然漫步，沉浸在彻底的自由中，甚至感觉不到身体的重量。我蹚过开着星星点点梅花草的沼泽；穿过齐肩高的翠雀花、百合花、青草和灯芯草花田，不时抖掉身上的露珠；走过一堆堆晶莹的冰碛巨石和明亮如镜的路面，清凉的溪水正欢快地奔向优胜美地。我穿过线香石楠铺成的地毯、雪崩形成的小径和积雪覆盖的美洲茶丛，然后沿着宽阔宏伟的阶梯，下到冰雪雕成的湖盆。

高山上的积雪正在迅速融化，充盈的溪水唱着歌。它们蜿蜒穿过平坦的草甸和沼泽，在阳光下荡漾波光，在坑洞中打起旋涡，在深潭中稍事休息后一跃而起——带着野性和狂喜的力量，越过高低不平的巨石堤坝，每一种形态都欢快、美丽。

我在山间没见过任何死气沉沉或者乏味无趣的东西，也没见到任何制造业中的垃圾或废物，一切都洁净纯粹，饱含启示。对周围的一切事物一见倾心看似不可思议，但是当自然之手显露后，就变得合情合理：能打动它的东西，同样会打动我们。

当我们想单独挑出一个事物时，往往会发现它与宇宙中的所有其他事物都联系在一起。我们不禁想到，每一颗晶体里，每一个细胞中，都有和我们一样跳动的心脏，于是我们想停下脚步，与植物和动物交谈，把它们当作友好的登山伙伴。大自然是一位诗人，也是一名热情洋溢的工匠，我们走得越远，登得越高，它的形象就越清晰。因为大山就是泉源——一切的起点，尽管这种关联超出了凡人的理解。

我发现了三种草甸：第一种位于盆地中，土壤厚度还不足以形成干燥的地表。这种草甸上生长着几种苔草，边缘则有数种强壮的开花植物，如藜芦、翠雀花和羽扇豆等。

第二种也在同样类型的盆地里，和第一种一样，也曾经是湖泊，但因为溪水带来的沙砾和碎石将地势垫高，表面不仅干燥，而且排水良好。这种干燥状况和相应的植被差异，并非因为所处位置的优越，也不是溪流带来填充物的功劳，只是因为盆地较浅，很快就被填满了。这种盆地上生长的青草大都纤细柔滑，叶片较短，以拂子茅属和剪股颖属为主。它们长成了光滑平整的草皮，其间还能找到两三种龙胆，以及紫色和黄色的鹰钩草、紫罗兰、越橘、山月桂、线香石楠和忍冬。

第三种草甸不在盆地里，而是依靠众多巨石和倒下的树木，挂在山脊和山坡上。在四处延伸、没有河床的小溪上，这些巨石和倒下的树木形成一道道堤坝，收集了足够多的土壤，可以供青草、苔草和许多开花植物生长，既能保持良好的灌溉，又不会让强劲的水流带走土壤，于是就形成了悬挂或倾斜的草甸。

这种草甸的表面不像另外两种那么平整，多少被组成堤坝的岩石和圆木的凸起部分弄得凹凸不平，但在稍远处就看不出这种凹凸了，视觉上反而相当醒目——就像一条青翠、流畅、向下延伸的植物带，铺在灰色的山坡上。草甸上宽而浅的溪水大都来自融化的积雪，有些地方的土壤排水良好，有些地方则由于形成堤坝的岩石排列紧密，加上木头碎片和树叶的淤塞形成了沼泽，因此植被自然随之不同。我看到有些地方长着成片的柳树、线香石楠和美丽的百合花，它们不在草甸边缘，而是散布在苔草与禾草之间。

现在正值草甸繁盛的时节。禾草和莎草富有弹性的叶子勾勒出完美而精致的线条，再硬一点儿就会像金属片一样直立，显得过于笔挺僵硬，再软一点儿则又会耷拉平躺。花序上的颖片和稃（fū）片、雄蕊和羽状雌蕊有无比细致的图案与色彩。

花田上，一群群与花朵同色的蝴蝶上下飞舞，还有许多其他美丽的有翅昆虫在头顶高处翩翩起舞，仿佛在纯粹的嬉戏和欢闹中享受它们短暂而灿烂的生命，只有大自然清点、知悉与眷顾它们。

这些小生灵多么奇妙！它们是如何生存、如何经受气候的变化的？它们的身体这么小，肌肉、神经和器官又是如何保持温暖又快活、健康又生机勃勃的？如果把它们看作机械发明，这种创造是多么神奇！与它们相比，人类制造的最伟大的机械都不值一提。

冰碛上的大部分沙地花田和草甸一样，目前都处于繁盛期，只有岩石北侧和小松林下方的草甸还未迎来花期。

在霍夫曼山的山坡洒满阳光的水晶土上，可以看到大片鼠莓和紫色吉莉花织成美丽的彩云，其间几乎看不到绿叶。醋栗丛、越橘、山月桂都已开花，在溪岸边铺成漂亮的花毯和花带。

岩石嶙峋的冰碛上，蓬松的峡谷栎很常见。峡谷栎矮得可以抬腿迈过去，但它们却与我在布朗平原附近看到的高大的金杯栎属于同一个物种。

灌木中最美的还要算开满紫花的线香石楠，在海拔 2700 多米

的高度上,它们铺成了一片片绚烂的花毯。

营地周围两三公里内的树木主要是美丽的银冷杉,无论是单棵树木,还是彼此间隔生长的树林,在高度和姿态上都近乎完美。这些银色的尖耸塔林如此整齐雅致,规整得近乎传统,让人恍以为是某位园艺大师的手笔。然而,大自然才是唯一能够创作如此精美作品的园丁。

树林的中心位置被几棵60余米的高贵大树占据，周围环绕着年轻的小树，最外一圈则是更小的幼树。整片树林排列得像品味高雅的对称花束，每棵树的位置都恰到好处，就像专门打造的一样。树林周围的空地上，开着小朵蔷薇和绒毛蓼，把大地装点得分外迷人。

　　往高处走，银冷杉渐渐变矮，树形也不再完美，许多树出现了两个树顶，显然是暴风雪的压力造成的。不过，在有良好冰碛土的地方，甚至在湖盆边缘，也会有高约50米，直径约1.5米的大树。它们在海拔2700余米的高度上傲然挺立。

　　我发现，大部分幼树都被冬季的大雪压弯了，从树上的印迹推断，这个海拔高度的积雪至少有2.4—3米厚。这样厚度的密实积雪，足以压弯一棵6—9米高的幼树，甚至将它们埋在雪里长达四五个月。有些树被压折了，有些则在雪融后重新冒头，最终长成能够承受雪压的大树。然而，就算直径约1.5米的大树，当年遭受风雪磨炼的痕迹仍可从弯曲的树干上清楚地看出。很多树干还保留着干枯幼树的主干，有些从折断处的下方长出新主干。很多新主干已经超过了原来主干的高度。然而，历经了如此众多的磨难，森林却仍然保持着令人惊叹的美。

　　在银冷杉之外，从这里到海拔3000米左右——内华达山区林带的上限，我发现扭叶松成了森林的主要树种。

　　在海拔2700多米的高度，我看到过一棵直径将近1.5米的大树，生长在深厚且水分充足的土壤里。这种树会因为位置、日照和土壤等因素产生相当不同的树形。在溪岸边，它们紧凑地生长在一起，十分修长，有些树高达20多米，地面处的树干直径却只有12.7厘米。不过，我所见过的大多数树木都比例优美。

在这个海拔高度上，完全长成的扭叶松的平均直径约为30—35厘米，高度为12—15米，杂乱的枝条在末端弯曲，树皮很薄，淌着琥珀色的树脂。雌花在小枝的末端聚成一个直径约为0.6厘米的深红色花结，大部分都藏在穗状叶丛中。雄花的直径约1厘米，硫黄色，朵朵聚集，给人一种华丽的视觉效果。

这是一种如登山家般勇敢坚韧的松树，无论是在雪崩巨石的崎岖岩床上、岩石的接缝处，还是土壤肥沃的山坳里，都能茁壮成长。几个世纪以来，它们每个冬季都在齐腰深的积雪里傲然挺立，无数次面对暴风雪，却依旧年年绽放鲜艳的花朵，即便与那些沐浴阳光的热带树相比也毫不逊色。

西美圆柏是一种更为坚韧的高山树种，主要生长在圆顶山、山脊和冰川形成的坡面上。

这种高地植物粗壮结实、如诗如画，长期生活在雪地上，欣然沐浴着阳光。它是了不起的汉子，身体各处都显示出坚忍不拔的气质，与脚下的花岗岩一样持久。

有些西美圆柏的树高和树宽几乎一致。我在湖畔看到过一棵直径近3米的大树，其他大部分也有1.8—2.4米。它们的树皮是肉桂色的，剥落时呈长条状，有缎面的光泽。

它们绝对是最耐久的高山树种，好像从来不会自然死亡，就算死亡也不会倒下。如果没有意外灾难，它们也许能一直活下去。我

看到有些西美圆柏经历了白雪皑(ái)皑的霍夫曼山的雪崩后仍然快乐地抽出新枝,仿佛狄更斯笔下的格力浦[1],一遍遍地重复着"永不认输"。还有些生长在石头间,扎根于不足 2 厘米宽的岩缝中。

---

[1] 格力浦:狄更斯饲养的一只会说话的乌鸦,后来被他写进小说《巴纳比·拉奇》一书。

西美圆柏
Juniperus occidentalis

这些岩石居民的普遍高度在 3—3.7 米之间，大部分老树的顶端已经折断，仅剩下树桩和上面丛生的些许枝条，在光秃的岩石上就像一根根漂亮的棕色柱子，周围没有其他植物，从各个方向都能清楚地看到它们。在肥沃的冰碛土上，它们的高度可以达到 12—18 米，形成浓密的灰色树顶。

树干的年轮非常细密，我看过有些在 2.5 厘米的宽度上有多达八十道年轮。那些树干直径达到 18 米的树一定非常古老——可能有上千岁了。真希望我也能像这些西美圆柏一样，靠着阳光与白雪的滋养，和他在特纳亚湖畔并肩而立一千年。那样我将阅尽多少沧桑，享受多少欢乐！山中万物都可以找到我，与我相会，天堂中的万物也会奔向我，像光一样。

特纳亚湖是以优胜美地的一位部落酋(qiú)长的名字命名的。据说，老特纳亚是一位不错的印第安酋长。一队士兵尾随他的族人进入优胜美地，想惩罚他们盗窃牲畜和所犯的其他罪行，他带领族人沿着山谷上端的一条小路逃到了湖边。当时正值早春，积雪很深，他们被一路追赶，终于丧失斗志，被迫投降。

这片明亮的湖泊是老酋长最好的纪念碑，可能会屹立很久，但和逝去的印第安人一样，湖泊也终将消失。注入湖水的溪流、雪崩和风雨都带来碎石，湖泊会被慢慢填满。湖盆上端，从主教峰流下的主要支流汇入湖泊的地方，已经有相当一部分变成了森林和草甸。

另外两条支流来自霍夫曼山脉。湖水从西侧的湖口流出，穿过特纳亚山谷，在优胜美地注入默塞德河。湖的北岸几乎没有什么松土，皆为裸露、闪亮的花岗岩，暗合了这个湖的印第安名字——皮维亚克，意为闪闪发光的岩石。

特纳亚湖盆似乎是由古老的冰川慢慢铲凿而成的，这是一项需要历时千万年的浩大工程。湖的南岸有一座近千米的雄伟山峰拔地而起，山上长满了铁杉和松树。湖的东岸，巨大的圆顶山熠熠放光。远古的冰川一定像今天的风一样扫过山顶，将它打磨、侵蚀和塑造成现在的模样。

7月28日

没有云山，只有一些淡淡的卷云。反常的是，中午没有响起雷声，仿佛高山的时钟停摆了。

我一直在研究红冷杉。经过测量，其中一棵近70米高，是我见过的最高的一棵。红冷杉是树形最对称的一种针叶树，虽然体形巨大，但树龄很少超过四五百年。大多数树木在两三百年时就死于一种真菌。当积雪压断宽大的掌状枝条时，干腐真菌便趁机从压断的残枝进入树干。

年轻的红冷杉有奇迹般的对称性，笔直得像铅垂线一般。它们的枝条大多是五根一起平行轮生，每根枝条的分枝都像蕨类植物的叶子一样精确，上面覆盖着浓密的叶片，整个树身就像披着厚重的长绒毛，只有树干和一小段主枝暴露在外。叶子向上挺立，小枝上的尤其如此，整个树顶的叶子都呈尖头状，显得坚硬而锋利。它们能在树上存活 8—10 年，由于生长很快，在直径为 7.6—10 厘米的轴心枝条的上部也不难见到它们的身影。叶片间的距离很宽，呈美丽的螺旋状排列。树叶脱落后会留下叶痕，在二十余年的时间里仍旧清晰，但在不同的树上，叶子的厚度和尖利程度迥异。

霍夫曼山的考察之旅结束后，我看到了山区森林的一幅完整截面图。

我发现红冷杉是所有高贵的针叶树中最对称的一种。它们的球果华丽，形状、大小和颜色都很美观，呈圆柱形，像酒桶一样直立在树枝上部，长 13—25 厘米，直径 7.6—10 厘米，青灰色，上面覆盖着绒毛，在阳光下有银色的光泽。为其增色的还有那一颗颗透明的香脂珠，它们挂在每颗球果上，让人想起古老仪式上涂抹的香膏。

如果可以看到的话，球果内部比外表更美丽。它们的鳞片、苞片和种翅呈极为美丽的玫瑰紫色，泛着明亮的光泽。

深褐色的种子长约 1.9 厘米。球果成熟时，鳞片和苞片会脱落，种子自由地飞向它们命中注定的归宿地，死掉的尖状轴还会在枝条上存留多年，标记山消失球果的位置。不过，有些尖状轴在还未成熟时就被道氏红松鼠咬断了。我不知道它们是如何把那些无柄的球果从宽阔的基座上咬断的。

阳光明媚的日子里，爬上这些树，去看那些正在生长的球果，俯瞰森林的顶部，堪称最好的享受。

7月29日

晴朗，凉爽，令人振奋。云只覆盖了一半的天空。又是适合徒步、素描和尽情享受的一天。

7月30日

云层覆盖了五分之一的天空，但并未像往常一样下雨，只在中午时分听到几公里外响起雷声。蚂蚁、苍蝇和蚊子似乎很享受这样的好天气。几只家蝇发现了我们的营地。山区的蚊子很勇猛，体形也大，有些从刺尖到折起来的翅膀尖有近2.5厘米。虽然这里的蚊子比大多数荒野地区少，但它们不时嗡嗡乱叫，制造骚动，完全不分时间和场合。无论在哪儿，无论什么时候，只要有吸血的机会，它们都不放过，直到生命的最后一刻被冰霜冻死。相比之下，漆黑的大蚂蚁只有在人躺在树下时才会制造麻烦，让人发痒。

一只钻蛀虫正在银冷杉的树干上钻洞。它的产卵器长约3.8厘米，像针一样笔直发亮，不用时就折叠入鞘，直直地拖在后面，像飞行中收起的鹤腿。

我想，它钻树是为了省去筑巢和随后抚育幼虫的麻烦。谁会想到飞虫的脑子里竟有这么丰富的知识帮助它们寻找巢穴？它们怎么知道虫卵会在蛀洞里孵化？或者在孵化之后，那样柔软无助的幼虫能从银杉树的树液中获取足够的营养?

这种精心的安排,不禁让人想起奇妙的造瘿(yǐng)昆虫家族。每只造瘿昆虫似乎都知道哪种植物会对钻洞产卵的刺激做出反应,继而可以发展成既适合筑巢安家,又能为幼虫提供养分的地方。和任何生物一样,造瘿昆虫或许有时也会犯错,但即便犯错,代价也只是那一窝卵,还有足够多的卵会找到合适的植物和养分,从而确保物种生生不息。当然,它们还可能犯过其他错误,只是我们根本不知道。

一对鹟鹩曾经错误地把巢筑在了一个工人的大衣袖子里,工人在日落后去取大衣,把鸟儿们吓得惊慌失措。令人惊叹的是,像蠓(měng)虫和蚊子这样的小生命,其幼虫竟然可以避开父母或自己犯的错误,避开气候变化的不利影响,避开虎视眈眈的天敌,长成强健完美的形态,享受阳光灿烂的世界。当我们想到这些看得见的小生命时,会不禁想到那些更小的生命,于是就这样被它们一步步地带进无限的神秘之中。

7月31日

又是美好的一天,甘甜的空气灌满肺部,如同舌尖尝到花蜜。我的身体就像一个味蕾,因幸福而震颤。天空云量约占百分之五,日常的大雨尚未到来,但已经听到远方传来雷声。

布朗平原欢快的小花栗鼠在这里也很常见,但或许是不同种类的。它们轻盈的姿态让人想起东部各州我们熟悉的花栗鼠。在威斯康星的橡树空地上，我欣赏过它们在之字形的铁栅栏上飞掠而过的身影。内华达山脉的花栗鼠更喜欢栖息在树上，也更像松鼠。

我第一次遇见它们是在针叶林带的下缘，鬼松和黄松交汇的地方。这些小家伙实在有趣，行为古怪滑稽，虽然不是松鼠，但拥有松鼠的大部分技能，而且不像松鼠那样咄咄逼人。

我从不厌倦看它们在灌木丛中飞快收集种子和浆果的样子。它们站在细长的枝条上，像北美歌雀一般优雅，甚至比大多数同样大小的鸟类还要稳定自如。在内华达山区的动物中，很少有像花栗鼠这么让我入迷的动物。它们不仅能干、温顺、自信、美丽，而且还很会打动人心，惹人爱怜。

它们的体重与田鼠差不多，辛勤地收集种子、坚果和松果，把自己喂得饱饱的，却丝毫不会因为肥胖和懒散而变得臃肿。相反，它们活泼好动，像鸟儿一样拥有无尽的活力。它们每做一个动作都会发出相应的声音，有些声音甜美清脆，就像水珠叮咚落入水潭。

它们好像特别喜欢逗狗，经常凑到狗的面前，然后突然像麻雀一样叽叽喳喳地跑开，尾巴打着节拍，每叫一声就画半个圆，从一侧到另一侧。

即便是道氏红松鼠，也不如它们步伐稳健，毫无畏怯。我们见过它们在优胜美地的峭壁上奔跑，像苍蝇一样毫不费力地扒住岩壁，虽然稍有不慎就会跌入600—900米深的深渊，但它们似乎毫不在意。要是登山者也能像它们一样稳稳登上这些巨大的峭壁就好了！

那天我为了观看优胜美地瀑布进行的冒险,就已经让我的神经遭受了极大的考验,而这对小小的花栗鼠来说,简直轻而易举。

荒凉的山顶上,土拨鼠是完全不同的登山家。

它们是啮(niè)齿类动物中最笨拙的一种,很能吃,体形肥硕臃肿。它们生活在高山草甸上,就像奶牛生活在苜蓿地里。一只土拨鼠比一百只花栗鼠加起来还重,但它们绝不是无趣的动物。在我们视为备受风暴摧残的荒芜之地,它们愉快地吹着口哨,在自己的高山家园里安享长寿的一生。

它们的洞穴建在风化的碎岩里或巨石之下。在有霜冻的寒冷清晨,它们从洞里钻出来,跑到最喜欢的平顶岩石上晒太阳,然后去山坳的花田里吃早餐,享用青草和花朵,舒服地吃到肚饱,再去找小伙伴们打斗玩耍。

我不知道土拨鼠在这种宜人的气候中生活了多久,但有些土拨鼠的皮毛是铁锈色和灰色的,就像长满地衣的岩石。

土拨鼠
Cynomys

8月1日

乌云密布，五分钟的大雨，神佑的荒野被洗刷一新。雨水像泡茶一样，浸泡着草甸上的黑土和枯叶，让原本清新芬芳的大地更加宜人。

每个中西部的男孩都很熟悉那种被称为"威卡普"或"忽闪"的啄木鸟，它们也是这里最常见的啄木鸟，让人产生一种回到家乡的亲切感。在羽毛和习性方面，我看不出它们与东部的啄木鸟有什么差别，尽管两地的气候大不相同。它们是一种健康、勇敢、自信而美丽的鸟。

这里的知更鸟也有着熟悉的叫声和姿态，在开阔的花田和高山草甸上优雅地跳跃。整个美国都是它们的家园，从平原到山区，从北到南，来来回回，上上下下，随着季节和食物供应的变化而不断迁徙。在如此广阔多样的大地上能够保持健康，这位勇敢歌者的体魄和气质着实令人钦佩。当我在肃穆的森林中漫游时，经常敬畏得说不出话，这时就会听到这些同样在漫游的小家伙用甜美而清澈的声音安慰我："别怕！别怕！"

我还经常在散步时遇见刀翎鹑（líng）。这是一种小型褐色山鹑，头上戴着修长的装饰羽冠，很像男孩帽子上的翎毛，非常显眼。

刀翎鹑的个头比在炎热山脚下常见的山谷鹌鹑大得多。它们很少待在树上，更喜欢成群结队地在美洲茶丛和熊果林中穿行，从五六只到二十只不等，或是跑到开阔的干草甸，或是爬到林木稀疏的山脊岩石上，边走边发出低沉的咕咕声，呼唤同伴保持队形。受惊时，它们会响亮地拍打翅膀，像炸开一样分散到几百米的范围内。等到危险过后，它们会用更嘹亮的叫声招呼同伴。

　　它们是大自然中的美丽山鸡，我至今还没有找到过它们的巢穴。这个季节的雏鸟已经飞走，这群快乐的小漫游者已经长到父母的一半大小。我好奇它们如何度过漫长冬季，那时大地会盖上近3米厚的积雪。想必它们和鹿一样去了低处的森林，虽然我在那里还没有听到过它们的叫声。

刀翎鹑
Oreortyx pictus

蓝松鸡或暗松鸡在这里也很常见。它们喜欢幽深茂密的冷杉林，受惊时会从树梢间冲出来，随着一声响亮有力的振翅，悄然无声地滑翔而过，消失在林木间，连一根羽毛都没弄乱。

这是一种强壮而美丽的鸟，个头与以前西部的草原松鸡相仿，大部分时间都待在树上，只有繁殖季节才会下到地上生活。现在雏鸟已经能够飞翔。当被人或狗惊吓散开后，它们会在原地保持不动，认为危险过去后，雌鸟才会把雏鸟们叫到一起。雌鸟的叫声不大，但雏鸟的声音隔着几百米都能听到。如果雏鸟还不会飞，雌鸟会佯装跛脚或者死亡来吸引敌人的注意力，甚至扑倒在敌人两三米的范围内，仰面打滚、踢腿喘气，想以此骗过人类或野兽。

据说它们常年生活在附近的树林里，在冷杉或黄松茂密的枝叶间躲避暴风雪，以树上的嫩芽为食。它们从腿到脚趾都覆盖着羽毛，我还没听说过它们在哪种气候条件下不能生存。

它们靠松树和冷杉的嫩芽为生，在食物方面永远不用犯愁，不像我们经常为食物所苦，行动也因此受到限制。

如果可以，为了换取伟大的自由，我也愿意永远以松树嫩芽为食，哪怕里面有很多松节油和树脂。想想上个月吧，仅仅因为没有面粉，我们就遭了多少罪！相比其他生物，人类获取食物似乎更加困难。对许多城镇居民来说，这是终其一生的折腾。对其他人来说，食物短缺的风险始终存在。这就是为什么人类养成了不停囤积食物的恶习，哪怕已经远远超过合理需求，依旧不停囤积，而真正的生活就这样被扼杀了。

在霍夫曼山上，我看到一种颜色像鸽子的奇特鸟类。它们长得既像啄木鸟，又像喜鹊或乌鸦。它们的叫声像乌鸦，飞起来却像啄木鸟，有长而直的喙(huì)，我见过它们用这样的喙啄开山白松和白皮松的球果。它们似乎一直生活在高山上，到了冬天，就算不为觅食，无疑也会下来寻找避寒之所。就食物而言，我想即使在冬天，这些高山鸟类也能从不同种类的针叶树上找到足够的坚果，因为总有一些没有飞出球果的种子，留给这些饥饿的拾荒者。

蓝松鸡
Dendragapus obscurus

第七章

奇遇

正如有时太阳升起之前
会将自己的形象画在天幕上，
事情发生之前也常有预兆，
明日之事在今日就已显出端倪。

8月2日

  云和阵雨,与昨日相似。我整日在北圆顶上画素描,直到下午四五点。我沉醉于优胜美地的盛大美景,想画下每一棵树,画下岩石的每一根线条与特征。

  突然,我毫无征兆地冒出一个念头:我的朋友——威斯康星州立大学的巴特勒教授就在下面的山谷里。

  我一跃而起,迫不及待地想去见他,兴奋得就像他突然碰了碰我,让我抬头看他。我毫不犹豫地放下工作,跑下圆顶山的西坡,沿着悬崖边缘寻找通往谷底的道路。我找到侧面的一条小峡谷,从绵延向下的树木和灌木丛判断,应该有路可以进入山谷。我立刻开始下山,尽管天色已晚,但是我仿佛被一股力量拉着往前走。

  好在过了一会儿,常识又把我拉住了。它对我说,等我找到旅馆时恐怕已是深夜,游客都睡了,没人认识我。我不仅口袋空空,而且连外套都没有。

  于是,我只好命令自己停下脚步,打消这个深夜访友的念头。

毕竟，我只是出于一种奇特的心灵感应自认为他来了。

我穿过树林回到营地，但第二天早上去找朋友的决心没有动摇。这是我此生最难以解释的冲动。这么多天我都待在圆顶山上，要是有人在我耳边说，巴特勒教授就在山谷里，我一定会感到分外诧异。

记得离开大学时，巴特勒教授曾对我说："约翰，我希望可以一直了解你的近况，关注你的事业发展。答应我，至少每年给我写一次信。"

七月，我在山谷的第一个营地时，收到过一封他在五月写的信。信中说，他今年夏天可能会来加利福尼亚，希望到时有机会一叙。不过，他既没有提到见面地点，也未说明他的行程路线，而我整个夏天都身处荒野，对见面根本没抱希望，很快就把这件事抛在脑后了，直到今天下午，他的身影仿佛被风吹到了我的面前。

好吧，明天见分晓，不管是否合理，我都要走一遭。

8月3日

美好的一天。我找到了巴特勒教授，就像指南针找到了极点。所以昨晚的心灵感应、超验启示，不论怎么称呼，真的应验了。

说来奇怪，我突然出现心灵感应的那一刻，他正由科尔特维尔小道进入山谷，刚好经过酋长峰。假如北圆顶山映入眼帘时，他刚好有一副不错的望远镜，或许都能看到我放下工作跳起来，向他奔去。

这堪称我人生中一次真正超自然的经历。我从小就醉心于大自然，对招魂、预言和鬼故事之类的东西毫无兴趣。那些东西与大自然的开放、和谐、悠扬旋律、充满阳光以及日常的美丽相比，显得毫无用处而且平平无奇。

今天早上，一想到要出现在旅馆的客人面前，我就一阵心慌意乱。我没有合适的衣服，而且个性羞涩腼腆。不过，已经在陌生人中间生活了两年，我决心去看看老朋友。

我换上营地里最体面的服装——一条干净的工装裤、一件羊毛衬衫和一件夹克，把笔记本系在腰带上，然后就带着卡洛，踏上奇特的旅程。

我穿过昨晚发现的小峡谷，原来这就是印第安峡谷。峡谷里没有路，只有崎岖的岩石和杂乱的灌木，有几个地方特别陡，卡洛不时唤我回去帮它通过。

从峡谷的阴影走出来后，我看到一个男人正在草甸上晒干草，就问他巴特勒教授是否在山谷中。"我不知道，"他回答，"但你可以去旅馆瞅瞅。现在山谷里的游客不多。昨天下午有一小群人来，我听到有人喊巴特勒教授，或者巴特菲尔德之类的名字。"

在昏暗的旅馆门前，我看见一个旅行团正在调试渔具。他们大概是被我这身奇怪的装束吓到了，全都一言不发，惊讶地瞪着我，好像我刚从天上穿过树林掉下来。

我询问办公室在哪儿，他们说关门了，老板不在，但我或许可以在会客厅找到老板娘哈钦斯太太。

我尴尬地走进去，在空荡荡的大房间里等了很久，敲了好几扇门后，老板娘终于出现了。她说巴特勒教授应该就在山谷里，但是保险起见，她得去办公室看一下登记簿。

在最近的访客名单里，我很快就发现了教授熟悉的笔迹。看到他名字的一瞬间，我的腼腆也烟消云散。

我听说他带队往山谷上方去了，可能是去了春天瀑布或者内华达瀑布，我立刻开心地赶去。心里既然有了明确目标，也就不再疑虑。

不到一个小时，我就抵达了内华达谷口的春天瀑布，只见一位气度不凡的绅士站在水雾之外，和我今天见到的其他人一样，他也一脸好奇地看着我。

我大胆地问他知不知道巴特勒教授在哪儿。他更惊讶了，想知道究竟发生了什么事才会有人派送信人来找教授。他没有回答我的问题，而是以军人般严厉的口气反问："谁要找他？"

"我要找他。"我同样干脆地回答。

"为什么？你认识他？"

"认识。"我说，"你认识他吗？"

惊讶于山里居然有人认识巴特勒教授，而且刚到山谷就来找他，这位绅士终于走下来，与我这个山中怪人平等对话。他彬彬有礼地说："是的，我和巴特勒教授很熟。我是阿尔沃德将军，很久以前，还年轻的时候，我们在佛蒙特州的拉特兰是同学。"

我打断他的回忆，继续追问："那他现在在哪儿？""他和一个同伴去了瀑布那边，想攀上那块巨岩，你从这里可以看到它的顶部。"

这时，他的向导主动凑上来告诉我，巴特勒教授和同伴去爬的巨岩叫"自由之帽"，我可以去瀑布顶上等着，应该能在他们下山时碰上。

我沿着春天瀑布的台阶往上爬，然后继续前进，想着与其在下面干等，还不如爬上"自由之帽"的岩顶，这样没准还可以早点见到朋友。无论平日的生活多么幸福、多么无忧无虑，人总有些时候会渴望见到朋友。

然而，刚走了一小段路，到了春天瀑布顶上，我在灌木丛和岩石间就看到了教授。他半弯着腰，在摸索着找路，袖子卷起，马甲敞开，手里拿着帽子，显然又热又累。

看到我走过来，他在一块大石头上坐下，擦着额头和脖子上的汗水，问我去瀑布旁的阶梯怎么走，显然把我当成了山里的向导。我指了指那条用小石堆标记的山路，他看到后招呼同伴说路找到了，但还是没有认出我。

我径直站到他的面前，看着他的脸，伸出手。他以为我想扶他起来，便说："没关系。"我说："你不认识我了吗，巴特勒教授？""恐怕不认识。"他回答，然后看着我的眼睛，恍然大悟。他惊讶极了，没想到在灌木丛中迷路时我刚好出现，更不知道我就在距离他几百公里的范围内。

"约翰·缪尔，约翰·缪尔，你从哪里来的？"

于是，我给他讲了昨晚的故事：他一进山谷，我就感知到他的存在，当时我正在北圆顶上画素描，而他就在七八公里外。这无疑更让他震惊了。

向导正在春天瀑布的下面牵着马等候。我们踏上小径，一路聊着天回到旅馆。我们聊起学生时代，聊起在麦迪逊上学时的友人，聊起当年那里的学生和每个人之后的际遇。我们不时凝望身边的巨岩，它们在暮色中渐渐变得模糊。我又一次想起诗人的句子："一场难得的漫步。"

回到旅馆时天色已晚，阿尔沃德将军正在等教授一同晚餐。教授介绍我时，将军表现得比教授还要惊诧，我没有任何常规渠道能够得知教授在加利福尼亚，却从天而降直接找到了教授。他们从东部径直来到优胜美地，还没有拜访任何加州的朋友，以为没有人知道他们的行踪。

我们坐在餐桌旁，将军往椅背上一靠，看着餐桌上的人，将我介绍给这十几位客人。

他说："这位仁兄，从没有路的大山上下来，找他的朋友巴特勒教授，就在教授刚来的那天。可他怎么会知道教授在这里呢？他说，他感应到了。听说苏格兰人有通灵能力，这大概是我听过的其中最奇异的一桩。"

他滔滔不绝地说着，而我的朋友引用莎士比亚的话加以总结："天地之大，赫瑞修，比你能够梦想到的多出更多。"[1] 正如有时太阳升起之前会将自己的形象画在天幕上，事情发生之前也常有预兆，明日之事在今日就已显出端倪。

晚饭后，我们聊了很多麦迪逊时期的往事。教授想让我以后跟他一起去夏威夷群岛露营旅行，而我则劝他跟我一起回内华达高山上的营地。但是他说："这次不行。"他不能撇下将军。我惊讶地得知，他们明后天就要离开山谷。我庆幸自己在这个繁忙的世界上还没有伟大到让人惦念。

---

[1] 出自《哈姆雷特》第一幕第五场。

8月4日

习惯了星空和银冷杉林无边的灿烂和奢华后,睡在一间旅馆的小客房里多少感觉有些奇怪。早上起来,与我的朋友和将军挥手告别。这位老军人很和蔼,风趣而健谈。他参加过佛罗里达塞米诺尔战争,给我讲了很多战场上的故事,还邀请我去奥马哈看他。

我叫上卡洛,穿过印第安峡谷,踏上回家之路,心中一边庆幸,一边同情可怜的教授和将军。他们受困于时间、日程、命令和职责,不得不回到平原上的忧虑、灰尘和喧嚣中。在那里,大自然被遮蔽了,声音被抹杀了,反倒是我这种贫穷渺小的流浪汉,得以在荒野中尽享自由和荣光。

除了访友,我今天还欣赏了优胜美地的美景。我只在去年春天来过一次,花了八天时间在山水之间漫游。无论何时走进大山,或是走进任何荒野,我们的收获总是比预期的更多。

花几个小时往下走大约1200米,就进入了一个崭新的世界——气候、植物、声音、居民和风景全都焕然一新,甚至截然不同。

在营地附近,金杯栎是一片片矮树丛,甚至可以在上面铺床。沿着印第安峡谷往下走,我们观察到这种小灌木有规律地渐次变成大灌木,小树,大树,最后在靠近谷底的岩石峭壁上长成一棵冠盖宽广、树根虬曲、美丽如画的大树,直径可达1.2—2.4米,高约12—17米。

水的形态也同样变化无穷,每条平滑的河道,每处大小瀑布都有自己的个性。我曾仔细欣赏过春天瀑布和内华达瀑布。它们是山谷中的两道主要瀑布，相距不过1.6公里，但声音、形态、色彩却有天壤之别。

春天瀑布高约120米，宽约22—24米。它从圆形崖顶上平稳坠落，形成一道壮观的水幕刺绣，绿色白色交相辉映，稍有褶皱与凹纹，几乎始终保持此等姿态，直到落入谷底才水花飞溅，笼罩在水雾之中，在午后的阳光下，映出迷人的虹彩。

内华达瀑布从纵身跃入空中的那一刻就是白色的。瀑布顶端处显得有些扭曲，因为在第一次自由飞跃前，水流冲击水道壁后又翻转回来。下降到三分之二处时，彗星般急速坠落的水流击中悬崖倾斜的表面，撞出更白的水沫，也大大拓展了瀑布的宽度。随后，它再次向外飞泻，形成一幅妙不可言的辉煌画面，当午后的阳光洒在上面时，视觉效果更是令人震撼。这是世界上最神奇的瀑布之一，水流仿佛不受常理支配，而是拥有鲜活的生命，充满了大山的力量和盛大而狂野的喜悦。

在激荡的浪花下，破碎的河流被崎岖的岩石分割成条状，迅速汇聚成一股咆哮的洪流，展现出这条年轻河流所具有的强健活力。

它一路向前奔流、呼喊、咆哮，为自己的力量欢呼，气势磅礴地穿过峡谷，在一个平缓的斜坡上舒展开来，形成一层薄薄的水幕，再掀起蕾丝般的浪花，涌入一片宁静的水潭——翡翠池——一个驻足之地，恰似分隔两个长句的句点。

在潭中休整完毕后，告别泡沫与灰色的水汽，水流像一道宽阔的

水帘，安静地流淌至春天瀑布的悬崖边，开始了在春天瀑布的新表演。

激流裹挟着岩石冲入金杯栎、花旗松、冷杉、槭树和山茱萸(qì)荫蔽的峡谷，接纳了名为伊里卢埃特的支流，然后继续奔流在洒满阳光的平坦山谷中，同与它一样从雪山一路高歌猛进而来的溪流一起汇成默塞德河——怜悯之河的主流。但这还不是河水的尽头。想到这里，我不禁感叹生命的短暂。不过没关系，在自然的荣光下的每一天都值得我们为之生活，为之辛苦劳作，为之忍饥挨饿。

巴特勒教授在分别前送给我一本书，我回赠了一幅为他小儿子亨利画的铅笔素描。我一直很喜欢他，在我还是学生的时候，他经常跑到我的房间玩。我永远忘不了他骑在高脚凳上发表赞美联邦的爱国演讲，那时他才六岁。

奇怪的是，游客对优胜美地的壮丽风光时常不为所动，仿佛被蒙住了双眼，堵住了双耳。

昨天我见到的大部分游客都低着脑袋，好像对身边的一切浑然不觉。周围的群山汇聚流水，发出雄壮的合唱，不仅庄严的岩石为之震颤，甚至连天使都会被诱出天堂。然而，那些衣着体面，甚至看起来聪明睿智的人，却只管把虫子挂到鱼钩上钓鳟(zūn)鱼。他们管这叫运动。

如果是上教堂的人在无聊的布道时间，到洗礼池里钓鱼打发时间，这个所谓的运动或许还不算太糟。可他们身处优胜美地的圣殿里，却从鱼儿挣扎求生中寻找乐趣，全然不顾自然之神正在用他最庄严的水与岩石宣讲布道。

回到营地篝火旁,我又忍不住琢磨起自己感应到朋友在山谷的事。那时,他刚刚进入山谷,离我七八公里远,而我根本没有任何渠道知道这一点。这事看似超自然,但只是因为我们无法理解。无论如何,为此大惊小怪有点傻气,因为自然和常识原本就比所谓的超自然现象更加奇妙和神秘。公平地看待这个问题,我们就会发现,即便是最平凡的自然现象,也远比我们听闻的大部分奇迹玄妙。坐在圆顶山上画素描时,照亮我的那道无形之光,或许就和那些让人一见钟情或一见生厌的东西是类似的,许多无稽之谈都是关于这样的事。这些无稽之谈的最坏影响,是让人无视所有神圣的常理。

这个心灵感应的小插曲算是我人生中的一件奇事,换成霍桑[1],估计可以编成一部离奇的浪漫小说,还要把我们亲爱的老教授换成一位迷人的美女。

8月5日

今天早上,天还没亮,卡洛与杰克的狂吠声,以及羊群四处乱窜的声音就把我们吵醒了。比利跳下朽木渣里的床,飞奔到营火旁,不愿意摸黑把四散的羊群找回来,也不肯查明骚乱的原因。我们后来才得知,是有熊闯了进来。

---

[1] 霍桑(1804—1864):美国小说家,代表作为《红字》。

虽然天亮之前做什么都无济于事,但我还是急着想知道发生了什么,便带着卡洛摸索着进入树林。我们循着走散羊群的窸窣(xī sū)声往前走,并不担心会遇到熊,因为我知道逃跑的绵羊会尽量远离敌人,而且卡洛的鼻子也值得信赖。

在畜栏东面800多米的地方,我们追回二三十只羊,把它们赶回了营地。接着,我们又往西走,追上另一伙"逃兵",把它们也赶回了羊群。

天亮后,我发现一具余温尚存的羊尸,这说明在我四处找羊的时候,熊先生正在享用羊肉早餐。它差不多吃掉了半只,还有六只死在畜栏里,显然是熊闯进来时它们胡乱挤压在畜栏边闷死的。

我和卡洛在营地周围转了一圈,又发现第三批"逃兵",把它们也赶回了营地。我们还发现了另一只被吃掉一半的羊,说明今天来吃早餐的长毛匪徒有两个。它们的行踪很好复盘:各自逮了一只羊,叼着猎物翻过畜栏,像猫叼着老鼠一样,把羊放到离畜栏90米左右的冷杉树下,开始享用大餐。

早餐后,我出去寻找其他走失的羊,在离营地有一段距离的地方找到了七十五只。午后,在卡洛的帮助下,我把它们赶回了营地。我不确定是否把所有羊都找回来了,看来今晚我得把篝火烧得更旺,小心把守。

我问比利,有那么多好地方,为什么非要把床铺在畜栏边的烂木头上。他的回答是,万一有熊来,他希望尽可能离羊群近一点儿。现在熊真的来了,他却把床挪到了营地的另一头,大概是担心自己被当成羊。

为羊忙活了一天，研究工作自然中断了。不过，在黎明前走进阴暗的树林还是相当值得，而且对那些魁梧的大熊也有了更多的了解。它们的足迹非常明显，吃过的早餐也一目了然。今天几乎没有一丝云，正午自然也没有传来熟悉的雷声。

8月6日

昨天晚上，我们点燃篝火，将营地树林照得十分明亮。这样既是为了吓熊，也是为失去的睡眠和绵羊进行补救。高大的树林闪着红光，仿佛要冲向云霄，形状就像照亮它们的火焰。

尽管如此，还是有一只熊拜访了我们。它不但没被火光吓住，反而被吸引过来。它爬进畜栏，咬死一只羊，然后带着羊神不知鬼不觉地走了，还有一只羊被闷死在畜栏边。这些土匪已经尝过羊肉的美味，想要阻止它们的劫掠看来是很难了。

"堂吉诃德"今天从低地上来，带来了补给和一封信。听说自己遭受的损失后，他决定立即将羊群转移到图奥勒米河上游地区。他说如果我们不走的话，熊必然每晚都来，火光和噪音都吓不住它们。天空疏朗，只在东方的地平线上有几抹发光的薄云，远方依稀传来雷声。

第八章

莫诺山道

周围的群山仿佛在呼唤:
"来吧!"
但愿我能将它们登遍。

8月7日

一早,跟熊和美丽的银冷杉营地告别,沿着莫诺山道缓缓东行,日落时在一处开满野花的小草甸上扎营过夜。此前去特纳亚湖的路上,我就对这样的地方情有独钟。在大自然的花园中,灰头土脸的吵闹羊群显得格格不入,简直比闯入羊群的熊还突兀。尽管它们对花园的践踏让人心痛,但在这尘土和喧嚣中,我仍抱有美好的期盼:等赚到足够的钱,我就可以背上行囊,尽情在纯粹的荒野中漫步了。食物袋空了,就去山下最近的商店购买。下山的路途也不会无聊,因为无论上山还是下山,踏在这神圣山间的每一步都充满启迪。

8月8日

在特纳亚湖西侧扎营。

由于时间尚早,我去北岸被冰川打磨过的道路上散步,并爬上了湖东那座雄伟的岩山。此刻，它在近晚的阳光下闪闪发光。这座岩山的每一寸表面都显示出被巨大冰川蚀刻过的痕迹。尽管高出湖面约600米，高出海平面近3000米，它还是曾被冰川完全覆盖，被重重地扫过山顶。

从岩石表面的刻痕和粉碎情况看，这条远古的巨大冰河来自东方。即使在湖水之下，有些地方的岩石仍有凹槽和打磨的痕迹。波浪的拍打和冲击甚至还没有抹去最表面的冰蚀痕迹。为了爬上这些陡峭光滑的地方，我必须脱掉鞋袜。这里很适合研究冰川的造山运动。

我发现了许多迷人的植物：北极菊、天蓝绣球、白绣线菊、线

北极菊
Chrysanthemum arcticum L.

香石楠,以及旱蕨、碎米蕨、漠米蕨等岩蕨。它们生长在风化的石缝中,一直延伸到山顶。此外,还有苍劲的刺柏,好像宏伟的灰棕色纪念碑,勇敢地挺立在各处岩缝中,讲述着无数寒冬里风暴和雪崩的故事。

我认为,从山顶俯瞰湖面的景色最佳。还有一座岩山孤独地立在湖边,比我脚下这座更加醒目,但高度还不及其一半。那是一块磨得很光滑的球状花岗岩,高约300米,像被波浪冲刷过的鹅卵石一样光滑坚硬,它可以屹立在此,或许是因为抵抗住了冰川洪流的侵蚀。

我为湖画了一张素描,然后漫步回营地,鞋底的铁钉在路面上叮当作响,吓跑了花栗鼠和小鸟。

天黑后,我又走到湖畔,没有一丝风,湖水像一面完美的镜子,倒映着天空、山脉、星辰、树木和那些鬼斧神工的岩石,令它们的壮美加倍呈现——眼前的画面令人惊艳,仿佛属于天堂,而非人间。

8月9日

我走在羊群前面,越过默塞德盆地和图奥勒米盆地的分水岭。霍夫曼山支脉的东端与主教峰附近的山之间虽然崎岖不平,遍布山脊和起伏的褶皱,但很可能是宽阔的远古冰川从山脉顶端奔涌而下的通道之一。在跨越分水岭时，冰河从图奥勒米草甸上升了约150米，无疑覆盖过整片区域。

从分水岭顶部和辽阔的图奥勒米草甸都可以看到奇妙的主教峰。无论从哪个角度看，它都显出独特的个性。它是一整块石头劈凿而成的宏伟圣殿，装点着尖顶和塔楼，与传统大教堂风格无异。峰顶的矮松看起来像苔藓。真希望有一天我能爬上去祈祷，聆听岩石的宣教。

辽阔的图奥勒米草甸开满野花，位于图奥勒米河的南岔口，海拔2600—3000米，中间穿插着森林和冰蚀花岗岩带。

在这里，山脉仿佛被移走或向后推开，四面八方都有开阔的视野。

草甸较高的一端位于莱尔山脚下，较低的一端位于霍夫曼山脉的东侧下方，总长度应该有16—19公里。这些草甸的宽度从400米到1200米不等，支流的岸边还分布着许多小草甸。这是我见过的最宽广、最愉快的高地乐园。空气清冽舒爽，白天却很温暖。尽管地势很高，但由于周围的山峰更高，反而给人一种置身雄伟厅堂的安全感。

达纳山和吉布斯山是两座巨大的红色山峰，海拔有4000多米，挡住了东边的视野，主教峰、独角兽峰和很多无名的山峰排列在南面，西面是霍夫曼山脉，北面则是一排据我所知尚未命名的山峰，其中一座很像主教峰。

草甸上的草大都纤细柔滑，叶子细长，形成紧密的草皮，上面开着紫色小花,花穗轻盈如飘雾。草甸上至少有三种龙胆属植物,还有同等数量或更多的鹰钩草、委陵菜、鼠莓、一枝黄花、钓钟柳,颜色缤纷,有紫色、蓝色、黄色和红色——不久之后我应该能了解得更清楚。我们可能会在这一带建立大本营,这样我就可以去周围的山里探索。

回程路上,我在特纳亚湖以东约 4.8 公里处遇到了羊群。分水岭顶部的小湖旁有一片扭叶松林,我就在这里扎营过夜。此处海拔约为 2700 米。

小湖星罗棋布在各类地形中——山脊、山腰、冰碛巨石堆之间,不过大多只能算是水潭。只有在斜坡脚下,有较大河流穿过的峡谷中,才能找到够大够深的湖泊,那里冰川推力最强。追溯并研究这些湖泊将是一份令人愉悦的工作。

湖水纯净至极，在光滑的石盆中，如水晶般清澈。我看过的湖里都没有鱼，估计是瀑布阻挡了鱼群。不过，有人可能认为，应该会有鱼卵在因缘际会下被带进来吧？比如粘在鸭脚上，在鸭嘴里或是嗉(sù)囊里，就像有些植物种子一样散播。大自然有太多办法完成这样的任务。无论海拔多高，所有沼泽、池塘和湖泊中都有青蛙，它们是怎么上山的？肯定不是跳上来的。对青蛙来说，经过干燥灌木丛和岩石的难度太大了，或许是它们长串胶状的蛙卵偶尔会缠住或是粘到水鸟的脚上。无论如何，它们来到了这里，身体健康，声音嘹亮。我喜欢青蛙欢快的呱呱声，这种声音有些时候一点儿都不比鸟儿的逊色。

8月10日

又是迷人畅快的一天，让人热血沸腾，充满活力，不知疲倦，几乎有不朽之感。我从另一个角度欣赏了这条被冰川犁过的宽阔分水岭，一遍又一遍地眺望山间的圣殿和草甸东边的红色大山。

我们在河流北侧的苏打泉畔扎营。

赶羊过河费了不少力气。羊群被赶到一处马蹄形河湾，几乎要被从岸边挤下去了。它们似乎宁死也不愿沾水，尽管迫不得已时也游得很好。我不知道绵羊为什么这么怕水，但它们确实一出生就怕水，或许在娘胎里就是这样了。

有一次，我看到一只刚出生几个小时的羊羔，走到一条60厘米宽、2.5厘米深的浅溪边，它从出生到现在也就走过100米的路。羊群都已经蹚过去了，只有母羊和羊羔留在最后，我因此有机会仔细观察它们。

前面的羊群一离开，焦急的母羊就蹚过河，呼唤小羊跟上。小羊小心翼翼地走到溪边，盯着水面，可怜兮兮地咩咩叫，不肯冒险。耐心的母羊反复走回来鼓励小羊，可依旧徒劳无功。小羊不敢踏出一步。

最后，它终于鼓起勇气，将毫无经验、瑟瑟发抖的蹄子收拢，好像知道什么是溺水似的仰着头，想把鼻子露出水面。它奋力一跳，落在了几厘米深的溪水中央。它似乎惊奇地发现，水没有淹没它的头和耳朵，只不过弄湿了它的脚趾。它盯着闪亮的水面，看了几秒，安全地跳上岸，干爽地结束了这场可怕的冒险。所有野生羊都是山地动物，它们的后代为何如此怕水，实在令人费解。

8月11日

天气晴朗，阳光灿烂，中午下了十分钟雷雨。我一整天都在漫游，熟悉河流以北的情况。

我发现了一片小湖和许多迷人的冰川草甸，它们被广阔的扭叶松林包围。森林长在宽阔且近乎持续累积的冰碛沉积土上，高度相当平均，密度也超过山下的冷杉林或松林。生长的匀称性表明这些树木的年龄相同或相近，很可能是山火造成的结果。我看到大片块状或条状的区域里倒着褪色的枯木，身下的土地已经均匀地长出幼树。

山火能在树林里快速蔓延，不仅是因为松树薄薄的树皮中挂满树脂，也是因为它们生长紧密。肥沃的土壤又催生了高大的阔叶草，即使在无风的天气，这些易燃的作物也能促使火势蔓延。除了这些被山火烧过的地方，还有很多被连根拔起的树木四下歪倒着，有些树皮和针叶尚存，可能是最近才被雷暴击倒。

我还看到一只雄性的黑尾鹿，体形很大，鹿角像倒下的松树向上翘起的树根。

在浓密的树林里跋涉良久，终于来到一片平缓的草甸。草甸上洒满阳光，就像一片闪亮的光湖。

草甸长约 2.4 公里，宽 0.4—0.8 公里，长着形如箭矢的高大松树。和周围的冰川草甸一样，这里的草皮主要是柔滑的剪股颖属和拂子茅属，开着紫色花朵的圆锥花序和紫色茎干都非常轻盈，就像薄雾般的云朵飘浮在碧绿的草叶上。

草地上还有几种龙胆、委陵菜、鼠莓、鹰钩草，还有被它们引来的蜜蜂、蝴蝶，将草地装点得明媚动人。所有冰川草甸都很美丽，但很少像这里这么美丽的。与之相比，那些精心平整、灌溉、修剪过的人工草坪显得粗鄙不堪。

我真想永远住在这片草甸上。这里如此宁静，远离尘嚣，却又向宇宙敞开胸怀，与一切美好的事物融为一体。

在这片美丽草甸的北边，我发现一处印第安猎人的营地。他们的篝火还在燃烧，但猎人们出去捕猎，尚未归来。

走过一片片草甸，每一片都美不胜收。经过一个个湖泊，穿过树林和形如箭矢的林带，我往北走向康内斯山，一路上都有美丽的风景。周围的群山仿佛在呼唤："来吧！"但愿我能将它们登遍。

8月12日

海拔在改变，但天空的景色几乎没有变化。云量约占天空的百分之五。珍珠色的积雨云染上了一层难以形容的细腻紫色。我们将营地搬至昨天提到的冰川草甸边。让羊群践踏如此神圣的地方似乎很野蛮，所幸它们更喜欢多汁的阔叶草和其他林地草，对草甸上柔滑的草类不感兴趣，因此很少去啃食或践踏。

在牧羊方式上，牧羊人和"堂吉诃德"起了争执。"堂吉诃德"认为，比利让牧羊犬杰克去放羊的频率太高了。今天吵了一架后，牧羊人大声宣称自己有权利想怎么放羊就怎么放羊，说完就启程回平原了。这下照顾羊群的重任要落在我身上了，但德莱尼先生承诺他自己会顶一阵子，回到平原后另觅牧羊人，好让我可以自由地到处走走。

又是一次收获丰富的漫游。我向北走出森林，来到整个盆地的

顶端。在这里，冰川作用的痕迹既清晰又有趣。山峰之间的凹处看起来像是采石场，原始而新鲜的冰碛碎片和巨石散落在大自然的冰川车间里。

回到营地后不久，来了一位印第安访客，大概是我之前发现的那个营地里的猎人。他说他和族人从莫诺过来猎鹿，在不远处打到一头。他把鹿扛在肩上，鹿腿绑在一起遮过他的额头，看上去仿佛装饰物。他放下鹿，以印第安人的沉默方式看了几分钟，之后割下大约3.6—4.5公斤鹿肉，请求和我们交换他所能看到的和所能想到的东西——面粉、面包、糖、烟草、威士忌、针，等等，每样"一点儿"。我们按照鹿肉的合理价格，给了他面粉和糖，外加几根针。

在这片洁净的荒野上，这些黑眼睛、黑头发、半喜半忧的"野蛮人"过着肮脏混乱的古怪生活——时而饥饿，时而富足，时而如死亡般沉静和慵懒，时而又展现出令人钦佩、不屈不挠的行动力，这些品质在暴风雨般的节奏中相互交替，一如冬夏交替。他们有两样东西，会让辛勤劳作的文明人羡慕不已——纯净的空气和水。有了这些就足以掩盖和弥补他们生活中的粗陋。他们的食物主要是上好的浆果、松子、苜蓿、百合花球、野羊、羚(líng)羊、鹿、松鸡、艾草松鸡，还有蚂蚁、黄蜂、蜜蜂以及其他昆虫的幼虫。

8月13日

白天阳光普照，黎明和傍晚的天空是紫色的，中午则是金色，无云，亦无风。

德莱尼先生带着两个牧羊人回来了，其中一个是印第安人。他从平原上山时，把一些补给留在了豪猪溪边的葡萄牙人营地，地点就在我们优胜美地的旧营地附近。

今天一早，我牵着一匹驮马去取那些补给。中午到达豪猪溪营地，本来可以连夜返回图奥勒米，但葡萄牙牧羊人的盛情难却，于是我决定留下来过夜。他们讲了很多绵羊被优胜美地的熊吃掉的悲惨故事，灰心丧气得想要离开这里。因为他们想尽一切办法，熊还是会夜夜造访，吃掉一只或几只羊。

花了一下午时间，我沿着优胜美地的峭壁尽情漫步。在被称为"三兄弟"的最高岩石上，我欣赏到了一派壮丽的风光：整个山谷的上半部分、山谷两侧和头顶的岩石以及远处的雪峰尽收眼底。

我还看到了春天瀑布和内华达瀑布，如一幅绝美的画卷——岩石的力量与持久之美，搭配植物的娇嫩、精致与短暂易逝之美。雷鸣般的水流倾泻而下，随后温柔地流过草甸和树林。

我所在的位置海拔约为2400米，距离山谷底部约1200米。站在这里，每棵树看上去都渺小如片片羽毛，但它们的耸立之姿却鲜明而醒目，树影的轮廓极为清晰，就像站在几米之外观看。树木的样貌更是如此，任何语言都无法形容这座山地公园的精致和迷

人——它是大自然的景观花园，既温柔美丽，又崇高庄重。难怪它会吸引来自世界各地的自然爱好者。

站在巍峨的峰顶，也能清楚地看到冰川作用。阳光下展露笑颜的可爱山谷，曾经被冰雪覆盖，深埋在冰川之下。

我回了一趟位于印第安溪源头的优胜美地旧营地，发现那里差不多已经被熊踏平了。熊吃掉了所有闷死在畜栏里的羊，而有些熊也死了，因为离开营地前，德莱尼先生在羊的尸体上放了不少毒药。牧羊人都会携带马钱子碱，用来毒土狼、熊和豹子，即使高山上的土狼和豹子并不多见。这种长得像犬的土狼在山麓和平原地区更常见，因为那里能找到更多食物。我在海拔2400米以上的地区只见过一次豹子的脚印。

日落后，我回到葡萄牙人的营地，发现牧羊人正对喜欢上羊肉的熊愤懑不已。他们哀叹道："这些家伙越来越嚣张了。"它们已经不愿意体面地等到天黑，大白天就跑来抓羊。我来的前一晚，两个牧羊人在日落前半小时悠闲地赶羊回营，一只饥饿的熊从几米外的灌木丛中走出来，故意朝羊群走去。"葡萄牙人乔"总带着一把填装了铅弹的猎枪，他激动地开火，但还没看到开枪的结果就吓得把枪扔掉，逃到附近最合适的树下，爬到安全的高度。他的同伴也撒腿就跑，但他声称自己看到那只熊用后腿站起来，伸出手臂，好像在找人，然后它钻进灌木丛，似乎受伤了。

在他们附近的另一个营地，曾有一只带着两只小熊的母熊，攻击了日落时回栏的羊群。

乔飞快地爬到树上避难，而安东斥责同伴放弃职责的懦夫行为，说他决不会让熊在光天化日之下"吃掉他的羊"。他大吼着冲向熊，放狗去咬。两只小熊吓得上了树，母熊向牧羊人冲过来，一副决一死战的架势。安东看着母熊迎面而来，呆若木鸡地站了片刻，然后转身逃跑，母熊则紧追不舍。他找不到合适的树，只好跑回营地，爬上小木屋的屋顶。母熊追上来，但没有去爬屋顶，只是站在下面怒目而视了好几分钟，吓得安东魂飞魄散。之后，母熊去找小熊，叫它们下来，并走到羊群里逮了一只羊当晚餐，最后消失在灌木丛中。

熊一离开小木屋，浑身发抖的安东就恳求乔给他找一棵安全的树。他像水手爬桅杆一样，爬到树上不肯下来，而那棵树几乎连树枝都没有。

经过这场可怕的灾难后，两个牧羊人砍了一大堆干柴，收集起来，每天晚上在畜栏周围生起篝火，还在附近能看到畜栏的松树上建了一个舒适的平台，每晚有一个人在上面拿枪放哨。

今晚，火圈营造的效果非常精彩，将周围的树木衬托得分外醒目，数千只羊的眼睛好像矿床里的钻石一般闪闪发光。

8 月 14 日

昨夜就寝时，一切都很平静，尽管我们时刻都在等待"长毛匪徒"出现。

它们临近午夜才来。两只熊大胆地从两个火堆间穿过，翻进畜栏，杀死了两只羊，还有十只羊因羊群的挤压窒息而死。

树上的那位看守吓傻了，一枪都没开，只说熊爬进畜栏后他才看到，他怕开枪会误伤到羊。

我告诉牧羊人，他们应该马上把羊群转移到另一个营地。"没用的，没用的。"他们哀叹道，"无论我们去哪里，熊都会跟着去。看看这些可怜的死羊吧，很快就要全部死光了。转移到别的营地也没用。我们还是回平原吧。"

我后来得知，他们比往常提前一个月下了山。如果熊的数量再多些，破坏力再强些，大概就彻底没法在山上放羊了。

奇怪的是，熊这么喜欢吃肉，甚至不惜冒着子弹、火焰和毒药的风险，却只有在保护幼崽时才会攻击人类。熊趁我们熟睡时下手简直轻而易举，没有任何风险。似乎只有狼和老虎学会了猎捕人类为食，也许还要加上鲨鱼和鳄鱼。我想，也许在世界的某些地方，蚊子和其他昆虫会吞噬无助的人，狮子、豹子、狼和鬣(liè)狗偶尔也会因为太饥饿而攻击人类。但在正常情况下，陆地动物中只有老虎会吃人，此外也可以把我们人类加进去。

云和往常一样，占据了天空的百分之五。又是内华达山间的美好一日，温暖，干爽，芬芳，明澈。许多开花植物已经结籽，但每天仍有花朵舒展花瓣，冷杉和松树的香气比以往更加浓郁。它们的种子快要成熟了，很快就会张开翅膀，快乐地成群飞翔。

返回图奥勒米营地途中，景色比我第一次来时还要迷人。眼前的一切似曾相识，仿佛我一直住在这里。奇妙的主教峰令人百看不厌。它是我见过的岩石或山峰中最有个性的，或许只有优胜美地的南圆顶可以与之媲美。森林也亲切熟悉，湖泊、草甸和欢唱的小溪也仿佛旧友。

我真想和它们永远在一起，有面包和水就心满意足。即使不能漫游、爬山，只能被拴在草甸或树林的木桩或树上，我也心甘情愿。沐浴在这样的美景中，看群山的万种风情，看平原上无法想象的灿烂星辰，看四季轮回，聆听水、风和鸟儿的歌声，都是无尽的欢乐。

我将看到多么辉煌的云海，无论是狂风骤雨的日子还是风平浪静的日子，每天都有焕然一新的天地和居民。我将迎来多少访客，永远不会感到无聊。我的心愿过于奢侈吗？这不过是常识，是一种健康的标志，真实自然、全然清醒的健康。就像在欣赏一场永不谢幕的神圣戏剧，精彩绝伦的台词、音乐、表演、布景，灯光就是太阳、月亮和星辰。

第九章

血色峡谷和莫诺湖

阅读它们使我们明白,
大自然中的毁灭其实也是创造——
只是在不同形式的美之间转换罢了。

8 月 21 日

刚刚结束一次美妙的野外考察,我翻过山脉,抵达莫诺湖,途经莫诺山道,也就是血色峡谷的隘口。

整个夏天,德莱尼先生都对我很好,从不吝啬向我伸出帮助和同情之手,仿佛把我的胡思乱想、漫游和研究也当作了自己的事业。

他是个了不起的加利福尼亚人,经历过淘金热的沉浮、磨炼和重塑,就像内华达山脉的景色经由冰川打磨后,粗粝的山脊才变得峰峦起伏。他是一个身材高瘦、骨架魁梧、心胸宽广的爱尔兰人,曾在梅努斯学院学习成为一名神父。他身上有很多优点,在山间的光线下闪耀。

他知道我热爱荒野,于是有天晚上告诉我,我应该去血色峡谷看看,我肯定会觉得那里够原始。他说,虽然他自己没去过,但听很多采矿的朋友说,那里是内华达山路中最荒凉的一条。

我当然乐意前往。它就在我们营地东边,从山巅俯冲到莫诺沙漠边缘，在大约 6 公里的距离内下降了约 1200 米。从山路起点汇聚的古老小路可以看出，早在 1858 年白人淘金者到来之前，野兽和印第安人就已熟知并行走在这条山路上。这座峡谷的名字或许源于峡谷中随处可见的红色岩石，也可能是源于野兽跌落下来，在锋利的石头上留下的斑斑血迹。

一大早，我就把笔记本和面包系在腰带上，迈着大步出发了，心中满是热切的期待，预感自己将会享受一场盛大的狂欢。

沿途的冰川草甸让我渐渐放慢了脚步，草地上长满蓝色龙胆花、雏菊、山月桂和矮越橘，仿佛久别重逢的老友向我致意。

我一次次地停下脚步，查看那些光亮的岩石。

它们在古老冰川的巨大压力下被打磨得异常光滑，有些地方竟像镜子一般反光。透过放大镜，还可以清晰地看到岩石上细小的条纹，显示出冰川的流动方向。在有些被打磨过的斜坡上会出现突兀的台阶，说明在冰川的压力下有大块岩石连带着碎石一起塌陷了。

冰碛石也是如此，有些四处散落，有些排列规整，像长而弯曲的路堤或水坝，在各处出现，让这个区域呈现出年轻、新生的整体样貌。

上山途中，我发现松树逐渐变矮，其他植被几乎也都是这样。

在隘口南侧的猛犸山斜坡上，我看到树林中有许多缺口，从林线上缘一直延伸到平坦的草甸上。那是发生雪崩的地方，沿途的每一棵树和它们生长的土壤都被卷走,只剩下裸露的基岩。树几乎都被连根拔起,只有几棵牢牢扎根在岩石裂缝中的树木从地表处折断。

初次见到这样的景象难免让人感到诧异,这些树木已经安然生长了数百年,却在暮年时被一举荡平。这种雪崩只有在罕见的天气和降雪条件下才会发生。

从某些山坡的倾斜度和光滑度来看,每年冬天,甚至每场大雪后都会发生雪崩,树木甚至灌木都不可能在雪崩通道上幸免于难。我发现了几处被这样荡平的斜坡。

在一个经历过所谓"世纪雪崩"的山坡上,连根拔起的树木紧紧靠在通道两侧的树墙上,树梢朝下,堆得整整齐齐,只有少数几棵树被冲到草甸的空地上,那是雪崩停止的地方。在这些被一扫而光的沟槽中,已经有幼松冒出,大部分是扭叶松和白皮松。考察这些树苗的年龄应该很有意思,这样就可以大致推断出"世纪雪崩"发生的时间。大部分,甚至所有雪崩很可能都发生在同一个冬天。要是能自由地研究,该有多好!

在隘口靠近山顶的地方,我发现一种矮柳完全贴着地面生长,铺成一张美丽精致、柔软丝滑的灰色地毯。这种矮柳没有一根枝干或枝条的高度超过8厘米,但是即将成熟的柔荑花序却笔直挺立,形成一片排列紧密、近乎规则的灰色花丛,比植物的其他部分都要大。这种有趣的矮柳中,有些只有一个柔荑花序,已经降到了最矮的程度。

我还发现了几片矮越橘,它们也形成了平滑的地毯,紧紧贴在地面或岩石边,开满了圆圆的粉色花朵,繁盛得就像从天而降的冰雹。

再往高处走,在接近隘口的起点处,我发现了蓝色的北极菊和紫色的线香石楠。它们是群山的宝贝,是与天空温柔相对的登山家,在无数奇迹之下享受着安全和温暖,仿佛家园越是荒凉,风暴越是肆虐,它们反而越是美丽纯净。在这里,富含树脂的树木虽然坚韧,却已无法往更高处生长,然而在远高于林线的地方,这些柔弱的植物依旧在不断攀登,欢快地将灰色和粉色的地毯铺到雪线边缘的深坳和阴影里。

这里还有熟悉的知更鸟[1]在开满鲜花的草坪上蹦跳,勇敢地唱着欢乐的歌,和我童年时从苏格兰老家初到威斯康星时听到的一模一样。伴着这美妙的歌声,我陶醉地漫步,浑然不觉时光流逝。

---

[1] 知更鸟:原文robin,这里指的应该是美洲知更鸟(旅鸫),这种鸟在美国更常见,也是威斯康星州的州鸟。

知更鸟
Turdus migratorius

时光在不知不觉间流逝。从地图上看，我只走了16—19公里，此时却已夕阳西下。想必我在冰川岩石、冰碛堆和高山花圃(pǔ)中流连了很久——观察、画素描、做笔记。

日落时分，昏暗的峭壁和山峰染上了美得无法形容的晚霞，大地万物笼罩在庄严的寂静中。

我悄悄走到峡谷入口附近的小湖旁，在一片浅谷里清理出一小块有遮蔽的空地，又收集了一些松叶穗铺床。

短暂的暮色渐渐黯淡，我生起一堆明亮的篝火，煮了一壶茶，躺下来仰望星空。

很快，从头顶的雪峰上吹来夜晚的风，起初只是和缓的微风，随后渐渐加强，不到一个小时就狂风呼啸，仿佛有一条被巨石阻塞的狂怒溪流咆哮着、哀鸣着冲入峡谷，去完成它们命中注定的重要使命。

与狂风声遥相呼应的还有峡谷北侧的瀑布声。水声时而清晰可闻，时而被更大的风声掩盖，唱出一曲辉煌的荒野颂歌。

篝火在风中扭动摇摆，仿佛心神不宁，尽管位于避风的角落，但仍会袭来阵阵寒风，让人觉得上面有座冰山。寒风将火星和炭渣吹得飞溅，我不得不躲远一点儿，免得被火烧到。但矮松饱含树脂的大根和瘤结不会被打败，也不会熄灭。火焰时而像长矛直刺天空，时而在岩石地面上翻滚蔓延，呼呼吼声仿佛在讲述当年还是松树时碰到过的风暴故事，而火光则在传递它们在无数个夏天里收集到的阳光。

巨大阴暗的悬崖间，星星在狭长的夜空中闪耀。我躺着回忆今天的收获，一轮满月突然从峡谷壁上探出头来，一脸关切，令人惊诧，仿佛她独自走下天空，下来看我，如同闯入我的卧室。

难以想象，她其实在天上俯瞰着半个地球——陆地和海洋，山脉、平原、湖泊、河流、大海、船舶、城市以及生活在那里的芸芸众生，无论熟睡的还是醒来的，生病的还是健康的。不，她就在血色峡谷的峭壁边缘注视着我一个人。

这一刻是如此亲近自然。

我想起在威斯康星时，看着满月从橡树上升起，竟有车轮那么大，就在800米外。除此之外，我没怎么仔细看过月亮，而今夜的她不仅看上去充满生命力，而且离我如此之近，让我心怀敬畏，让我忘记了印第安人，忘记了头顶上巨大的黑色岩石，忘记了呼啸的大风和穿过嶙峋峡谷的流水。这一夜自然只睡了一会儿，然后我就满心期待地迎接莫诺荒漠的黎明。

等我煮好茶时，阳光已经涌进峡谷。

我再度启程，热切地凝望红色板岩构成的巨大石壁，它们历经风化，处处裂缝，累累伤痕，只要来一场大雪崩，它们就会随之崩落，阻塞山道，填满一连串小湖。

但是很快，它们的美丽就浮现出来。我在岩石间轻快地跳跃，欣赏那些光滑的石头在斜阳下闪闪发光。崎岖的冰碛石和雪崩岩堆，甚至峡谷顶部最高的冰泉附近，全都一片光亮。

这里也有我昨天在分水岭另一侧看到的大部分低矮植物，如今它们都睁开了美丽的眼睛。在如此荒凉之地，大自然依旧对它们悉心照料，实在令人赞叹。

小黑鸫(dōng)鸟沿着湍急的峡谷溪流，在岩石间轻快地飞舞，时而俯冲到冰湖里寻找早餐，时而又唱起欢歌，仿佛这条雪崩扫过的崎岖峡谷是它们在山中最欢乐的家园。

峡谷北壁上高高悬挂着一道瀑布，仿佛从天而降。还有许多细窄的瀑布，像明亮的银色缎带，沿着红色悬崖蜿蜒而下，在岩石间倾斜的裂缝中流淌。它们时而缩进岩缝，变得依稀难辨；时而在岩石的节理间蹦跳，形成薄薄的水帘，过滤洒下的阳光。这些瀑布最后全部汇入峡谷溪的主流，路上还有大大小小的瀑布和激流奔向峡谷底部。只有在经过湖泊时，奔腾的水流才会稍事休息。

其中一道最美的小瀑布位于绝壁之上，水流分散成丝带般的细条，沿着岩石节理编织成菱形图纹，旁边还有一丛丛线香石楠、禾草、莎草和虎耳草组成迷人的镶边。谁能想到在如此蛮荒之地，竟有如此精致的美丽？野花盛开在每一个角落和山坳里——山上有绒毛蓼、飞蓬、虎耳草、龙胆、崖羚梅、亚灌木报春；山腰有翠雀花、耧斗菜、鹰钩草、火焰草、蓝铃花、柳兰、紫罗兰、薄荷、蓍(shī)草；山麓有向日葵、百合花、犬蔷薇、鸢(yuān)尾、忍冬和铁线莲。

我将一处最小的瀑布命名为"花荫瀑布"，它位于山道较低处，周围的植物如白雪一般茂密。野玫瑰和山茱萸在溪水上形成繁密的花荫，而在花荫之外，众多支流的汇入让溪水变得愈加强大。它奔涌向前，跃入阳光，以一道弧线的姿态落进凹陷的弯道，溅起一片

厚重而闪亮的水花。

峡谷底部有个湖泊，至少部分成因是溪流被冰河终碛阻塞而成。峡谷内的其他三个湖泊都位于坚硬岩石受到侵蚀后形成的湖盆里，那里冰川压力最大，湖盆边缘最坚硬的部分被打磨得非常漂亮。在冰碛湖下游，峡谷底部，还有一些古老的湖盆位于巨大的侧碛之间，一直延伸到荒漠。现在这些湖盆完全被溪流带来的沉积物填满，变成了干燥的沙地，上面长满禾草、蒿草和喜阳的野花。所有这些较低处的湖盆显然都是由终碛物质沉积而成的。在这些地方，要么冰川在短时期内消融较少或者降雪量较大，要么在两者的共同作用下，冰川退缩的速度减慢，让终碛物质得以沉积下来，形成湖盆。

从温暖明媚的莫诺平原回望峡谷，植被和气候都发生了巨大的变化，我上午的漫游像是一场梦。冰碛湖边的百合花高出我的头顶，阳光温暖得能让棕榈树生长。然而，隘口顶部寒带花园周围的积雪仍然清晰可见，与我相隔不过 6.4 公里，之间堪称全球所有主要气候带的植物样本区。在一个多小时里，可以从冬天到夏天，从寒带到热带，经历的气候变化之大，相当于从拉布拉多[1]走到佛罗里达。

在离湖八九公里的莫诺荒漠边缘，我发现了一片披碱草，又称"野黑麦"。如波浪般起舞的草叶高约 1.8—2.4 米，长着 15—20 厘米长的麦穗，非常壮观。

---

[1] 拉布拉多：位于加拿大东部，拉布拉多犬起源于这里。

正是麦子成熟的季节，印第安妇女正用篮子采集谷子。她们薅(hāo)住一大把麦穗，将其折弯，将麦粒打出，然后扬到风中吹走麦壳。麦粒不到2厘米长，色深味甜，用它做的面包一定和小麦面包一样好吃。

采集野麦的工作和松鼠的工作差不多，这些妇女们显然乐在其中。她们一边欢笑一边聊天，看上去与自然融为一体，不过，我见过的大多数印第安人在生活中并不比我们这些受过文明熏陶的白人更贴近自然。或许在更了解他们之后，我会更喜欢他们吧。

我在莫诺湖畔发现了几座简陋的棚屋，它们就在一条迅疾流向这片死水湖的小溪边。棚屋是用灌木枝搭成的，而印第安人就在这样的棚屋里面悠哉地生活。

几个男人躺在高大的灌木丛下，正在享用树上的红色水牛果。这种浆果的味道寡淡，但营养想必十分丰富，据说印第安人可以只靠这种浆果维持几天，甚至几周。

在这个季节，他们主要吃一种在咸水湖中繁殖的飞蝇的肥硕幼虫，还有一种蚕的幼虫。这种蚕以黄松的叶子为食，个头肥大，带有波纹。

他们偶尔会组织盛大的猎兔活动，在湖岸上用棍棒打死数百只兔子。那些兔子被狗、男孩、女孩、男人、女人一齐驱赶，他们用鼠尾草丛点燃的火圈将它们圈住，被吓傻的兔子自然很快就被乱棒打死了。兔皮会被制成毛毯。到了秋天，那些更具雄心的猎人会打来很多鹿，偶尔还会有高山野羊。在内陆山脉脚下的荒漠中，羚羊也曾很常见。

除了吃虫子,印第安人也会用艾草松鸡、松鸡和松鼠换换口味,还有一种从有趣的小单叶果松上采来的松子。此外,用橡子和野生黑麦做的面包和煮的粥也很美味。

艾草松鸡
Centrocercus urophasianus

说来奇怪，他们似乎最喜欢的还是湖里的幼虫。他们会收集起被冲上岸的一排排虫子，像谷物一样晒干，供冬季食用。据说，侵占对方的虫子领地常会在各部落和家族之间引发战争，因此每个部落和家族都会在岸边划出自己的专属虫子区。松子很好吃，他们在秋天时会大量采集。山脉西侧的部落会用橡子交换虫子和松子。妇女们会背着沉重的货物，沿着崎岖的山路下山，单程就要走64—80公里。

野花在湖泊周围的荒漠上开得出奇的繁盛。在许多鼠尾草丛中，都能看到耀星花、叶子草、紫菀、无舌黄花和吉莉草，它们似乎很喜欢炎热的阳光。叶子草最为精致、芬芳，是一种迷人的植物。

在峡谷口对面，一系列火山锥从湖边向南延伸，在荒漠中突然升起，就像一串山脉。最大的火山锥高出湖面约760米，火山口形状完整，显然是风景中的新生事物。在几公里远的地方，它们看起来就像一堆堆松散的火山灰，从未受到雨雪的眷顾。尽管如此，黄松已经攀上灰色山坡，想给它们披上外衣，为灰烬增添美丽。

这是一个充满奇妙对比的世界：炎热的荒漠被积雪覆盖的大山包围，火山渣和灰烬散落在被冰川打磨过的路面上，冰霜和火焰共同创造着美丽。湖中还有几座火山岛，说明这里曾是一片冰火两重天的景象。

虽然我很喜欢山脉灰色的东侧，希望可以做更多探索，但回到大山苍翠的另一侧还是令人愉快。每一次寒暑交替、宁静与风暴、火山隆起与冰川下碾,都记录在大山的手稿里。阅读它们使我们明白,大自然中的毁灭其实也是创造——只是在不同形式的美之间转换罢了。

我们位于苏打泉以北的冰川草甸营地,那里似乎一天比一天美丽。地上长满青草,草叶如丝线般纤细,走在上面像踩在厚软的长绒地毯上,甚至感受不到紫色花穗拂过脚面。

这是一片典型的冰川草甸,位于干涸(hé)的湖盆里,周围形如箭矢的扭叶松如接受检阅的士兵,排列得整齐划一,清晰地勾勒出草甸的界线。周边的树林里还有很多类似的草甸。

河边的大草甸大体相同,绵延16—19.6公里,几乎没有中断,但我们营地的草甸依然是最为精致完美的,花卉和植物甚至比威斯康星和伊利诺伊大草原鲜花盛开的时节还要丰富。这些艳丽的花朵主要是三种龙胆,一种黄紫相间的鹰钩草,一两种一枝黄花,一种酷似龙胆的小型蓝色钓钟柳,还有委陵菜、鼠莓、马先蒿、白色紫罗兰、山月桂和线香石楠,没有任何杂草。

有条小溪穿过这片开满鲜花的草坪,安静地流淌、翻滚、滑行,小心翼翼地不发出一点儿声响。大部分河段只有约0.9米宽,有时会流成直径1.8—2.4米的水潭,水面看不出明显的波澜。溪水两岸被向下倾斜的青苔草坪环绕,垂向水面的草穗像一棵棵微型松树,沉在水中的大石上则覆盖着一片片线香石楠。在草甸的下缘,小溪在它所哺育的植物的汁液滋润下,欢快地唱着歌,越过岩脊,奔向图奥勒米河。

巍峨雄伟的达纳峰和绿色、红色、白色的兄弟山峰,赫然耸立在东方地平线的松林之上；北方是由嶙峋的灰色花岗岩峭壁和山峰连成的山脉；西方是顶着奇特尖峰和城垛的霍夫曼山；南方是主教山脉和雄伟的主教峰、主教堂尖顶、独角兽峰，以及其他几个灰色尖顶或巨大圆顶。

第十章

图奥勒米营地

星星在宇宙中运动，
一刻不停，
就像血滴在大自然温暖的心脏中
永恒跳动。

8月22日

天空无云,西风凉爽,草甸上略有一层轻霜。卡洛不见了,我找了它一整天。

在营地和河流之间的密林里,在高高的草丛和倒地的松树间,我发现了一只小鹿。起初,它似乎想走近我,而当我想抓住它,离它只有几米时,它却一转身,轻盈地走了,脚步像捕猎中的猫那样小心谨慎。接着,它好像听到呼叫,又或许是猛然警觉,突然像成年鹿一般腾空跃起,越过倒下的树干,很快就消失不见。或许它的母亲在呼唤,但我没有听见。除非听到召唤或是受到惊吓,我认为小鹿一般不会离开居住的树林或是随母鹿走远。

弄丢卡洛让我沮丧。不远之处有其他几个有狗的营地,希望能找到它。它之前从未离开过我。豹子在这里不太常见,而且那些猫科动物恐怕也不敢惹它。它很了解熊,不至于被抓到。那些印第安人对狗不感兴趣。

8月23日

凉爽、明媚,暗示着印第安之夏[1]。

德莱尼先生去了史密斯农场,它位于赫奇-赫奇山谷下面的图奥勒米河畔,距离这里56—64公里,所以我得独自一人待上个把星期——并非严格意义上的独处,因为卡洛回来了。它跑到西北边几公里外的一个营地去了。

我问它去了哪里,为什么不辞而别,它看起来腼腆又羞愧。现在它正努力让我摸摸它,请求原谅。真是只聪明得吓人的狗!

压在我心头的大石终于落地了,我不能丢下卡洛一个人下山。回到我身边,它看上去高兴极了。

晚霞是玫瑰色与绯红色相间,星星出现后不久,达纳峰顶上升起一轮庄严而醒目的月亮。我漫步在白色月光下的草甸上,漆黑的树影清晰分明,如同真的树木。我时常准备抬腿跨过去,把它们当成了黑色的焦木。

---

[1] 印第安之夏:指一段反常的温暖、干燥天气,有时发生在北半球温带地区的秋季,大体类似于中国所说的"秋老虎"。

8月24日

又是迷人的一天,日出后不久,天气就变得温暖宁静,云量只有百分之一,几缕丝般的卷云淡得几乎难以分辨。薄霜,印第安之夏的天气,山的轮廓柔和如梦,分明的棱角也明显消融了不少。夜空是美丽柔和的暗紫色,就像好天气时圣华金平原上的紫色夜空。月亮从达纳山峰顶俯瞰大地,空气令人心旷神怡。我在想,世界上是否还有其他同等高度的山脉,拥有如此宜人的气候,如此慷慨的胸怀和热情,而且如此平易近人。

8月25日

早晨像往常一样凉爽,很快就变为宁静慷慨的温暖和明亮。傍晚时分,西风的凉意把我们赶到了篝火旁。大自然铺满鲜花的山间厅堂中,没有一处比这片冰川草甸更漂亮。蜜蜂和蝴蝶似乎永远都那么多。鸟儿也还在这里,没有要飞走过冬的迹象,不过霜冻会给它们提个醒。至于我,我愿意在这里度过整个冬天或一辈子,直到永恒。

8月26日

清晨有霜冻，草甸上的草叶和一些松针上闪耀着霓虹般的晶体——那是阳光的花朵。大片如画的云朵像嶙峋的岩石堆积在达纳峰上，和山体一样微微泛红。地平线附近的天空是淡紫色的，松树的尖顶浸润其中，十分美丽。

我像往常一样在附近游荡，观看光线的变化、染上秋色的草叶和渐熟的草籽；观看晚开的龙胆、紫菀和一枝黄花；随处拨开草丛，低头观察苔藓和地钱构成的地下世界；观察忙碌的蚂蚁、甲虫和其他各种小昆虫，它们像森林里的松鼠和熊一样在劳作嬉戏；研究湖泊、草甸、冰碛和山体刻蚀的形成。在这些方面，我都得到了些许进展，万物的宁静之美令人沉醉。

多云，但由于云朵比平时更亮，天空依旧敞亮。云量约为百分之十五，若在瑞士，可算格外晴朗。照耀在这座宏伟山脉上的自由阳光，大概比我见过或听说过的任何地方都多。

这里的气候最明媚，冰川打磨出最明亮的石头，壮观的瀑布散发出最绚烂的虹彩水雾，银杉林和银松林最鲜亮，还有比别处更灿烂的星光与月光，也许连闪烁的矿石晶体都比其他山脉更富饶。更有无数明镜般的湖泊，充沛的光线涌入时，湖面如碎银般跳动。经过短暂的夏日阵雨和霜冻的夜晚，晨光穿过草尖和松针上的露珠，闪耀着灿烂之光。山顶的晨光和黄昏的晚霞有一种不可言说的圣洁之美。

内华达山脉或许不该叫作"雪之山脉",而该称为"光之山脉"。

8月27日

云量只占天空的百分之五,多为白色和粉红色的积雨云,横亘在霍夫曼山脉上方,直至傍晚。清晨有霜,露珠在静谧的夜晚凝结出惊人的美丽和完美姿态,每一颗都像精心打造的宏伟宫殿,仿佛会永远存在下去。

凝望在山间流淌的带状溪流,我意识到万物都在流动,奔向某个归宿。无论是动物,还是所谓无生命的岩石和流水,皆是如此。

雪或快或慢地移动,创造出美丽的冰川或雪崩;空气中的大量气流裹挟着矿物、叶子、种子、孢子以及大自然的乐声和芬芳的细流;溪水携带着岩石、泥粒、沙子,以及卵石和巨石。火山岩浆如泉水喷涌,动物们成群结队地行走、跳跃、滑翔、飞行与游水,组成一个流动变化的群体。星星在宇宙中运动,一刻不停,就像血滴在大自然温暖的心脏中永恒跳动。

8月28日

　　黎明是一曲色彩谱写的绚丽之歌。天空纤云也无，植物上凝结了一层白霜。十点过后，天气转暖。

　　龙胆的花瓣看似娇嫩，却对初霜毫不畏惧。它们每晚合拢，仿佛沉沉睡去，被朝阳唤醒后依旧清新如初。

　　上周开始，草叶渐黄，但我还没有看到任何枯萎的植物。每天晚上，蝴蝶和大群小飞虫都被冻僵了，但上午的阳光照耀草甸时它们又开始盘旋飞舞，快乐嬉戏的乐趣丝毫不减。不久之后，它们就会像果园里的花瓣一样凋落，变得干枯萎皱，原本强大的群体不再有一片翅膀还能在空气中发出声响。不过，到了明年春天，新的生命又会诞生，它们欢欣鼓舞，兴高采烈，仿佛在嘲笑寒冷和死亡。

8月29日

　　云量约占天空的百分之五，微霜。平淡宁静的印第安之夏。我整天凝望群山，观察光线的变化。群山披上光线的外衣，身姿变得愈发清晰，最初白中略带淡紫，正午最白，早晨与傍晚最鲜艳浓郁。万物都自觉处在平静和沉思状态，忠实等待上天的旨意。

8月30日

今天与昨天雷同。几朵云静止不动,仿佛只为美丽而生。大地上结起冰霜,遍地皆是璀璨的冰钻,却注定一夜即逝。大自然是多么奢侈地建造、推倒,创造、毁灭,追逐物质的各种形态,不断变化,却永远美丽。

德莱尼先生今早回来了。他不在的日子,我一点儿都没有感到孤单,反而尽情享受了最盛情的陪伴。荒野似乎是有生命的,就像熟悉的朋友,充满人性。每块石头都是那么健谈,富有同情心,与我情如手足。这也不足为奇,在我看来,我们拥有共同的父母。

8月31日

云量约占天空的百分之五。柔滑的卷云丝丝缕缕,几乎难以察觉。草甸上再次结满冰霜,但尚未触及森林。龙胆、一枝黄花和紫菀也对冰霜浑然不觉,看似柔弱的花瓣和叶子,似乎未受其触碰。每一天的开始和结束,都像一朵花的开放和闭合,悄声无息,毫不费力。大地焕发着宁静而神圣的光芒,就像无言的狂喜有时会改变高尚之人的面容。

9月1日

云量约占天空的百分之五。云朵静止不动,也没有特别的颜色,说明今天不会下雨或下雪。一天都很平静。大自然的心脏再次有力搏动,催熟晚开的花朵和种子,为来年夏天做好准备。它充满生命力,充满对未来的思考和规划,全盛之后即将迎接死亡,却让死和生变得同等美丽,诉说神圣的智慧、善良与不朽。

今天去爬了达纳峰，离别将至，想尽量多看一点儿。山巅视野开阔，向东可以俯瞰莫诺湖和荒漠，层叠的山峦看起来异常贫瘠、灰暗、荒凉，像是成堆从天而降的灰烬。

湖泊的直径约13—16公里，宛如擦亮的银盘，灰色的湖畔却没有一棵树，好似堆满灰渣。

向西望去，大片森林覆盖着无数山脊和山丘，环绕着圆顶山和附属山峰，沿着每一道分水岭勾勒出长长的曲线，填满每一处由冰川带来土壤的山坳，无论那山坳是崎岖还是平坦。

沿着山脉的轴线向南北眺望，可以看到众多巍峨的高山、峭壁、山峰和积雪，河流从源头向西经过著名的金门大桥奔向大海，向东注入炎热的盐湖和沙漠，蒸发后又匆匆返回天空。岩壁粗重的眉毛下，不计其数的湖泊像眼睛一样闪闪发光。有的湖岸很荒凉，有的湖岸树木环绕，有的则镶嵌在黑色森林中。林中的开阔草甸和湖泊一样多，或许更多。

在冰碛覆盖的山坡和崩落的岩石间，我发现了许多精致的耐寒植物，有些还开着花。

这次旅行的最大收获，是明白了大地所有景观之间如何相互统一，环环相扣。

湖泊和草甸正好位于远古冰川下压最重的地方，即冰川通道最陡峭部分的底部，它们的最长直径因此大致平行。同样与之平行的，还有蜿蜒生长在侧碛和中央碛上的林带，以及冰川纪末期冰川消退时沉积土壤上形成的宽阔平原。圆顶山、山脊和支脉的形状也仿佛诉说着冰川作用的影响,它们大致是冰川从上面和侧方扫过以及向下碾压时产生的强大力量造就的,所以存留下来的都是抵抗力最强的,或是占据最有利位置的。

这里的一切多么有趣啊!岩石、山峰、溪流、植物、湖泊、草甸、森林、花田、鸟类、野兽、昆虫,每一样似乎都在召唤我们,邀请我们去了解它们的历史和关联。但我这个可怜无知的学者真有机会去学习它们的课程吗?这一切太过美好,简直令人难以置信。

我即将返回平原。营地也很快就要拆走。如果我有几袋面粉、一把斧头和一些火柴,就可以用松木搭建小屋,在周围堆上充足的木柴,度过整个冬季。我可以观察盛大壮观的暴风雪,观察高山鸟类和野兽如何过冬,观察被积雪覆盖或掩埋的森林,观察和倾听雪崩发生时的样子和声音。但现在我得走了,因为已经没有多余的物资。不过,我会回来的,一定会回来的。因为世界上没有任何地方能像这片热情而神圣的荒野一样令我魂牵梦萦。

9 月 2 日

天空是壮丽的红色、玫瑰色和绯红色——无比绚烂的一天,不知道预示着什么。

这是天气第一次出现明显的变化,此前一直是宁静的晴天,清晨与傍晚的天空是紫色的,正午则是平静的白色。不过没有风暴的迹象。云量只占天空的百分之八，树林里亦无风的叹息声暗示天气将剧烈变化。早晚的天空是红色的，但与平日的紫色不同，并未蔓延开来，而是打在轮廓清晰、一动不动的云朵上，仿佛太阳就锚定在群山勾勒的锯齿状地平线的上方。

一朵深红色、边缘蓬松的帽状云，长久地停留在达纳峰和吉布斯峰上空。云朵低垂，几乎完全遮住山的底部，只露出达纳峰的圆顶，仿佛一座飘浮在红色大云朵上的孤岛。

吉布斯峰和血色峡谷南面的猛犸山上，可以看到条条点点的积雪，以及成群的矮松林，山顶同样笼罩着一朵绯红色的帽状云。这朵云的做工毫不吝啬，巨大的云体上尽染浓烈的绯红，就算独自被送到星辰之间燃烧，光辉也毫不逊色。

眼前的景象让人感叹大自然无尽的慷慨和丰盈，看似肆意挥霍，实则有取之不尽的富饶。如果我们用心品味它的杰作，就会发现它没有浪费或滥用任何材料。所有素材都在反复使用，每次使用都令美感提升。于是，我们将不再哀叹挥霍与死亡，转而为宇宙永不磨灭、永不枯竭的财富而欢欣鼓舞，忠实地观看身边万物的凋零、消逝和死亡，等待并坚信它们必然会以更美好的样貌重生。

我热切地注视着天空中的红色土地不断生长，仿佛正在耸起新的山脉。很快，孕育了图奥勒米河、默塞德河、圣华金河北支流的雪峰都被红色云霞烘托得更加美丽，与壮观的河流源头映衬呼应，营地南侧的主教峰也被云霞笼罩。

我从未注意到岩石和云朵在形式、颜色和质地上竟会如此和谐，与天地融为一体。它们充满人性，每一种造型与色彩都深入人心。于是，在狂野激情中，我们不禁想放声大喊，纵情狂欢，仿佛这场神圣大戏是我们自己导演的。在这样的地方，我们越来越强烈地感到，自己是荒野自然的一部分，与万物都是同类。

今天的大部分时间都在山谷北缘度过，俯瞰耀眼的红色云朵将奇妙的光线洒满整个盆地。我脚下的岩石、树木和小型高山植物似乎都在静默沉思，专注地欣赏这个辉煌新奇的云世界。

我越走越远，越走越高，在人们想当然以为植物无法生存的地方，我总能见到片片花田和蕨类植物。但正如在莫诺山道的起点和达纳峰山巅一样，在最荒凉、最高峻的地方，总能发现最美丽、最温柔、最热情的植物居民。

岩须
Cassiope selaginoides Hook. f. & Thomson

流连在这些迷人的植物间,我总是一遍遍地问:"你们是怎么来到这里的?你们又是如何度过冬天的?"

它们回答:"我们的根系深深扎在贮藏着夏日温暖的岩缝中,我们的身躯躲在厚厚的雪被下,就连致命的冰霜也触碰不到,我们睡过黑暗的半年,梦想着下一个春天。"

进入大山以来,我一直在寻找岩须,据说它们是最美丽也最受青睐的石楠属植物。奇怪的是,我至今尚未发现它们的踪影。我在高山上行走时,嘴里总是念叨:"岩须,岩须。"虽然走到哪里都有各种美丽的植物前来迎接我,但岩须的名字已经让我变得魔怔。它们俨然成了所有小型高山植物中最高贵的存在,而它们仿佛也自知身价,对我就是避而不见。我必须在今年尽快找到它们,这是最后的机会。

9月4日

苍穹辽阔澄澈,只有印第安之夏的和煦阳光。松树、铁杉和冷杉的球果快要成熟了,从早到晚纷纷坠落,松鼠们全都忙着收割、采集。几乎所有植物的种子都已成熟,它们的夏季工作大功告成。夏天出生的小鸟和幼鹿即将跟随父母前往山麓和平原地带,之后凛冬将至,大雪纷飞。

9月5日

无云。天气凉爽、平静、明亮,仿佛不会有大事发生。为北图奥勒米主教峰画了一幅素描。夕阳绚烂至极。

9月6日

又是万里无云的一天,紫色的傍晚和清晨,两者之间则是纯粹宁静的阳光。日出后不久,天气开始回暖,无风,让人不由得想停下脚步,看看大自然在酝酿什么。这寂静、忧郁、略显朦胧的天气,标志着真正的印第安之夏来了。昏黄的气氛虽薄,但无疑与东部的印第安之夏大体相同。这种奇特的甘醇感,或许是源于空气中飘浮的成熟孢子。

德莱尼先生数次严肃地谈起离开山区的事情,还讲了像我们现在这样的好天气突然变成暴风雪而导致羊群大量死亡的悲惨故事。

他说:"无论如何,我都不会在这种偏远的高山区待到月中以后,哪怕天气再怎么温暖晴朗。"

他打算先赶着羊群慢慢离开,每天走几公里,穿过优胜美地溪盆地,然后在浓密的松林里逗留一阵。如果天气有变,就赶紧下山,山麓的积雪应该不会深到把羊埋了。

我当然想在剩下的几天里尽量多看看荒野,还是那句话——虽然感恩这个食物充足、鼓舞心灵的夏天，但我还是希望有朝一日能带上充足的面包，远离践踏植物的羊群，在这里随心所欲地待下去。反正我们永远不知道自己会去向何方，又会得到谁的指引——人或是风暴？守护天使或是羊群？也许那些远离自然的人也曾在不知不觉间得到自然的指引。荒野充满机巧和计划，指引我们走进自然之光。

忙着安排计划、烘烤面包，希望至少还能在高山间来一趟野外考察。追逐财富与名望的美梦，也比不上这样的期待更令人兴奋和快乐。

9月7日

黎明时分，我离开营地，直奔主教峰，打算从那里向东和南进发，在图奥勒米河、默塞德河和圣华金河源头的山峰和山脊间漫游。

我穿过松林，跨过图奥勒米河和草甸，沿着图奥勒米盆地南缘植被繁茂的山坡往上爬，然后从主教峰的东侧一路爬到顶端，于中午时分抵达。

一路上，我走走停停，研究美丽的树木——扭叶松、银叶五针松、白皮松、银冷杉和常绿树中最优雅迷人的铁杉。山区的气候凉爽，花期较晚的高山草甸、小湖、雪崩的痕迹与森林上方巨大的冰碛岩石都让我流连不已。

从大草甸到主教峰山脚的路上布满了冰碛物。巨大冰川的左侧冰碛一定完全填满过图奥勒米盆地。在更高的地方，还有几个残余冰川的小终碛堆，与图奥勒米主冰川的壮观侧壁成直角相交。这是个研究山体风化和土壤形成的好地方。

从主教峰顶俯瞰四方，景色莫不生动美丽。眼前是无数山峰、山脊、圆顶、草甸、湖泊和树林。凡是冰川留下土壤的地方都有森林分布，或以长长的弧线，或以宽阔的块状，而在一些最高山峰的侧面，矮松紧紧扒在岩石的裂缝中，显然不必依靠土壤生长。我发现主教峰顶上类似欧石楠的深色植物是被积雪压矮的白皮松，大约1米高，看起来树龄很老。许多树上结着球果，引来吵闹的克拉克星鸦。它们的长喙像啄木鸟，能深入球果里挖出种子。

克拉克星鸦
Nucifraga columbiana

在峰顶下方，甚至在峰顶的矮松间，仍然盛开着许多野花，尤其是一种开黄花的木质绒毛蓼和一种漂亮的紫菀。

主教峰的山体接近于正方形，山顶斜坡规则对称，山脊由东北往西南延伸，显然是由花岗岩的节理结构决定的。东北端的山墙宏伟而质朴，山脚下有大量积雪，在山体的阴影下终年不化。正面耸立着许多小尖峰，有一座高塔状的尖峰就像形状奇特的工艺品。山体在这里的形态、大小和整体排列也深受岩石内部节理的影响。据说，主教峰的海拔约为3353米，而峰岩本身高出所在的山脊约457米。

向西1.6公里左右，有一个漂亮的湖泊，湖畔那些被冰川打磨过的花岗岩闪闪发光，有些地方甚至无法分辨湖水和岩石的界限，因为两者都在闪光。从山顶上可以很清楚地看到湖水和银白色的湖盆，还有零星分布的草甸和树林，也能看到特纳亚湖、云栖山、优胜美地的南圆顶、斯塔尔金山、霍夫曼山、默塞德诸峰，以及沿着山脉轴线向南北延伸的众多被积雪覆盖的山峰。

不过，眼前所有高贵的风景中，最引人入胜的莫过于主教峰，它就像一座展示大自然精湛技艺的圣殿。

在短途旅行中，我曾多次从山顶、山脊和林间空地上眺望它，虔诚地惊叹、钦佩和向往。可以说，这是我第一次走进加利福尼亚的殿堂。

我最终被引导至此，发现每一扇门都大方地为我这个可怜而孤独的漫游者敞开了。在最幸福的时刻，一切都十分神圣，

整个世界就像一座殿堂，而群山是它的讲坛。

看啊，那些在主教峰前盛开的不正是神圣的岩须吗？它们摇动千万只悦耳的铃铛，奏出我听过的最悦耳动人的圣歌。

我一直倾听着、欣赏着，黄昏时分才强迫自己匆匆向东而行。我经过崎岖、锐利、易碎的塔状山峰，它们都与主教峰一样是花岗岩质地，闪烁着晶体（长石、石英、角闪石、云母、电气石）的光芒。道路相当难行，我爬过一个巨大的冰雪悬崖，越往前走，坡度越陡，最后几乎无法通行。我在一个危险的地方滑倒了，幸好在开裂的冰沟边缘把脚跟插到融化的积雪里才没有继续坠落。

我在一眼小池塘和几丛弯曲的矮松旁扎营，然后坐在篝火边写笔记。浅浅的潭水仿佛深不可测，倒映着无尽的星空。

火光映照着周围的岩石和树木、小灌木、雏菊和莎草，它们仿佛都满怀心事，准备大声说出自己的荒野故事。这是一场精彩绝伦的会议，每一位都有值得分享的故事。

在火光之外的肃穆黑暗中，小溪一路合唱，从冰雪源泉奔向河流，歌声无比动人。每当想到每一条大河都汇聚了成千上万条如此欢乐的小溪，我们就不会惊讶内华达的大河也是这样一路欢歌，奔流入海。

日落时分，我看见一群灰褐色的麻雀，飞往大片雪原上方峭壁的岩缝栖息。这些迷人的山地小居民啊！

我还在离雪堆两三米的地方发现了一种开花的莎草。从地表情况看，它们能被阳光照耀的时间不会超过一周，而再过一个月，又会被新雪掩埋。如此一来，它们的冬季长达十个月，而春、夏、秋三季则被挤在两个月里，匆匆度过。

在这里独处多么愉快啊！一切都是那么原始——像天空一样原始、一样纯洁！我永远不会忘记这伟大而神圣的一天——主教峰和成千上万朵岩须，周围的无限风光，在树林上方灰色峭壁间的营地，还有星辰、溪流、积雪。

9月8日

我手脚并用地攀登图奥勒米河和默塞德河最高源头附近的山峰，不时滑倒。登上了三座最雄伟的不知名山峰，穿越了不计其数的溪流和巨大冰原，还有数量同样多的湖泊——有的散落在台地上，有的环绕峰顶，有的在峡谷间由溪流串联。

这是一片极其荒凉的灰色荒野，由破碎的峭壁、山脊和山峰组成，几朵白云缭绕其间，仿佛在寻找能做的事情。放眼望去，这广袤的大地像采石场一样原始、毫无生气，却在无数角落和花园一般的草地上，有着迷人的花朵在欢呼雀跃。

我今天的爬山量大约是平时的三四倍，但四肢毫无倦意。太阳落山后，我下到位于莱尔山脚下的上图奥勒米峡谷，距离营地还有十几公里。我在黑暗中向上穿过松林，经过苏打泉圆顶，地上有很多倒下的树木。当所有欣赏美景的兴奋劲儿都过去后，我终于感到了疲惫。晚上九点，我回到主营地，很快就睡得不省人事。

第十一章

返回平原

这些大山的魅力超越了所有常理，
就如同生命本身，
无法解释，
神秘莫测。

9月9日

一觉醒来，疲惫已经消失，我又渴望在这片美妙的荒野上再进行一两个月的漫游。但现在我必须下山返回平原了，我只能在心中祈祷和期盼上天将我再次送回这里。

在这些山地考察中，我了解到的最重要的东西，是岩石的裂缝节理对山脉整体形态的蚀刻作用。剥蚀的力度强而有力，最终却呈现出微妙的平衡之美。总体上看，荒野景观中的各个元素就像人的五官一样和谐搭配。的确，尽管被岩石和积雪覆盖，它们依然充满人性，散发出灵性之美与神圣之思。

德莱尼先生几乎无暇问及我一路上的感受，尽管他整个夏天都在鼓励我，为我的计划提供便利，还宣称我总有一天会出名。对于我这样一个喜欢在荒野游荡的人，这真是一个充满善意的推测，只是我从未贪图出名，甚至连出名的美梦都没做过。我只希望能够谦卑地追随、学习、沉浸在大自然的启示中。

现在，营地里的物资都已经打包放在马背上，羊群也已经朝着家乡的牧场进发。我们动身,穿过松林下山,离开这片我们扎营已久的美丽草甸。不知道我们还能否再见。这里的草皮坚韧密实,几乎没有被羊群破坏。幸亏它们不喜欢冰川草甸上柔软的禾草。

天空晴朗,无云也无风。我好奇,世界上是否还有其他地方,在海拔2700多米的高度,能拥有如此稳定平静、明亮宜人的天气。我们下山是因为担心有破坏性的暴风雪,但我很难想象天气会有如此巨大的变化。

河流水位很低,但要羊群渡河仍十分困难。每只羊似乎都下定决心,宁死也要保持身体干燥,不肯弄湿脚。

卡洛的牧羊经验已经可以媲美最好的牧羊人,看它聪明地把这群傻羊连推带唬地往水里赶很有意思。它们被挤成一团,推到岸边,等最后终于有一只羊因为无路可退而跳下河,整个羊群也突然一起跟着跳进河中,仿佛这条河成了世界上最让它们向往的地方。如果不是为了钱,人们大概宁愿养狼,也不愿牧羊。羊爬上对岸之后,又开始咩咩叫和吃草,一副若无其事的样子。

我们穿过草甸,慢慢沿着山谷南缘往上走,穿过我去主教峰路上经过的那片树林,并在一个大型侧碛顶的小水潭边扎营过夜。

9月10日

天亮时，两千多只羊全都不见了。我们检查脚印后，发现它们走散了，可能是有熊来过。花了几个小时，我们总算找回所有的羊，把它们重新赶到一起。我还看到一只鹿。与这些在尘土飞扬中蓬头垢面的傻羊相比，鹿是多么优雅而完美。

从这里的高地向北望去，眼前又是一片壮美的风景。圆顶山和环绕松林的山脊仿佛一片波澜起伏的大海，周围是无数尖锐的山峰，看上去灰暗且贫瘠，却充满了美丽的生命。又是平静无云的一天，天空在早晚都是紫色。在过去的两三周里，黄昏的光线非常醒目，或许这就是所谓的"黄道光"[1]吧。

9月11日

无云，轻霜，平静。我们继续下山，并在特纳亚湖西侧的草甸上扎营。这是一处迷人之地，湖面平滑如镜，映照着几公里长的冰川路面和险峻山壁。我发现了仍在开花的紫菀。这里大概是矮化的

---

1 黄道光：日出前或日落后出现在黄道两边的微弱光芒。呈锥体状。赤道附近四季可见；中纬度地区只在春分前后见于黄昏后的西方天空，或在秋分前后见于黎明前的东方天空。

金杯栎的生长上限——海拔 2400 余米——比加州黑栎的生长区域高出 600 多米。美妙的夜晚，夜幕降临后，湖水的倒影令人难忘。

9月12日

万里无云，流溢着纯粹的金色阳光。又一次置身于壮美的银冷杉林中，距离优胜美地边缘大约 3.2 公里，也就是葡萄牙人遇熊的那座著名营地。附近长着很多金杯栎、熊果和美洲茶树，在图奥勒米草甸附近是看不到的，虽然那边的海拔只是略高一点儿。扭叶松在图奥勒米草甸上的数量更多，但在这里的溪流旁和类似沼泽的草甸附近长得更为高大。宏伟的银冷杉占据了每一块干燥的土地，长到了最大尺寸，形成明显的林带。多么华丽的树，今晚我会用它的枝叶铺床。

9月13日

今晚在优胜美地溪扎营，就在之前旧营地附近的一块溪边沙地上。这里的植被已经枯黄，小溪也几近干涸。溪岸上修长的扭叶松是我见过的最美的一种。第一眼看上去，或许会误以为是一个独特的品种，但其实只是在肥沃的土壤上生长得过于密集而迅速，成为扭叶松的一个变种。

黄松也有变种，但差异更大。它们生长在这里和海拔再高300米的破碎岩石上，枝条宽阔，树皮呈红色，褶皱紧凑，有巨大的球果和细长的针叶。这是一种最为顽强的松树，生命力极其旺盛。粗长的松针穗在阳光下闪着银光。当山风拂动时，所有松针都朝同一个方向舞动，堪称内华达森林最壮观的景象。这个变种被一些植物学家看作是西黄松的一个独立品种，称为杰弗瑞松。

著名的优胜美地溪盆地极为崎岖，谷底遍布圆顶山，看上去就像铺满大鹅卵石的街道。不知道我是否有机会前去探索。它强烈地吸引着我，为了聆听它的教诲，我甘愿做出任何牺牲。感谢上天，让我有幸一睹它的风采。这些大山的魅力超越了所有常理，就如同生命本身，无法解释，神秘莫测。

9月14日

我几乎整天都在壮观的银冷杉林中。银冷杉顶部的树枝上长满了直立的灰色球果，纯净的松脂如露珠般闪耀。松鼠们正忙着采集球果，球果砰砰坠地之声不绝于耳。很快，松鼠们就会把这些球果收集和储存起来，作为过冬的粮食。那些辛勤的采集者偶然落下的球果，鳞片和苞片会在完全成熟后脱落，种子会张开紫色翅膀，在空中成群飞舞，快乐地寻找各自的归宿。在主林带里，几乎每一棵树的树干和枯枝上都长着显眼的黄色地衣。

在瀑布溪畔扎营过夜,靠近莫诺山道的入口。熊果的莓果已经成熟。今天的云量约占天空的百分之十。绚烂的落日余晖在林间通道上方,点燃紫红与绯红的霞光。

9 月 15 日

阳光灿烂,云量约占天空的百分之五,地平线附近飘着些许白色的云点和铅笔屑状的云片。我们走了大约三四公里,在落叶松平原扎营。漫步在环绕草甸的松林里,我发现了几棵极其华贵的银冷杉,最大的一棵高约 73 米,距地面 1.2 米处的树干直径约为 1.5 米。

熊果
Arctostaphylos

9月16日

今天我们缓缓行进了七八公里,穿过庄严的森林,在飞鹤平原扎营过夜。夏天时令人倾慕不已的森林,在醇厚的秋光下显得更加美丽庄重。星空迷人极了,在它的衬托下,高塔状的树冠显得漆黑无比。我在篝火边徘徊,久久不愿睡去。

9月17日

清晨出发,大家在"堂吉诃德"的带领下,翻过图奥勒米分水岭,下行几公里,来到一片我久闻其名的红杉林。

树林面积不到600亩。有些树是高大壮观的老树,环绕着宏伟的糖松和花旗松。那些没有被山火烧过或折断的红杉树形态完美,整齐匀称,尽管这样的树木并不常见。大部分树木形态各异,却依旧展示出整片树林的和谐与统一。挺拔的树干上包裹着有凹槽的紫褐色树皮,从地面到46米的高度都没有枝干,只有些许叶丛零星可见。老树的主枝非常粗大,苍劲虬曲,倔强地往外延伸,虽然看上去没有章法,但都在伸展到最适宜的位置后停止,分散成密集的小枝;外观看似多样,轮廓却仍然规整,都是枝叶繁茂的圆柱体;枝杈向外伸展,树冠犹如恢宏的圆顶。即使在很远的地方,也能看到它们在天空下耸立,比松树、冷杉和云杉组成的林海更高,无论是形态大小，还是姿态与体格的威严高贵，都堪称针叶树中的王者。我还发现一截被烧焦的黑色树桩，直径约9米，高约24—27米，就像一座庄严古老、令人难忘的纪念碑，盛年之时很可能是这里的森林之王。树桩附近有许多幼苗和小树，朴素而欣荣，预示着这个树种将会长久繁衍。除了山火，任何恶劣的气候变化都威胁不到这些大自然中最高贵的树木。遗憾的是，我没能数出这座古老纪念碑上的年轮。

晚上我们在榛树绿地扎营，这是分水岭背后的一块宽阔平地，距离我们春天上山时的旧营地不远。在这条分水岭上，有我夏日之旅中见过的最美的糖松林、熊果林与美洲茶林。

9月18日

我们沿着分水岭南侧漫长的下坡路，抵达布朗平原。离开了壮观的高山林带，然而糖松在此处依旧繁盛。它与黄松、甜柏和花旗松一起，共同构成了世界上最美的森林。

这里的印第安人郑重地指着平原上的一座古老花园，告诉我们不要靠近。也许他们的族人葬在那里。

9月19日

今晚在史密斯锯木场扎营,这是我们上山时经过的第一个宽阔的高山平台。松树相当高大,是很好的木材。此外,还有小麦、苹果、桃子和葡萄。主人用葡萄酒和苹果招待我们。我不喜欢葡萄酒,但德莱尼先生、印第安赶羊人和牧羊人都认为这东西很棒。比起从天堂流下来的新鲜泉水,这沉闷的饮料显得浑浊乏味。但是苹果堪称极品,非常美味,人人都对其青睐有加。

从布朗平原下山的路上,在鲍尔洞稍做停留,我进去逛了一个小时。这里是大自然最新奇有趣的地下宫殿。透过洞口四棵枫树的枝叶缝隙,充沛的阳光倾泻进来,照亮了洞内清澈宁静的池塘和大理石房间——一个迷人的地方,美得令人陶醉。可悲的是,凡是石壁上够得着的地方都画满了破坏者的涂鸦。

9月20日

天气依旧晴朗宁静,但异常炎热。我们下到了山脚,将针叶树留在身后,面前只剩下灰色的沙滨松。在荷兰男孩牧场扎营,广阔的大麦田已经收割完毕,地上只剩下灰扑扑的麦茬。

9月21日

酷热异常，尘土飞扬，阳光灼人。除了多刺的细枝和灌木丛，羊群找不到别的食物，逗留在此毫无益处。因此，我们一路跋涉，在日落前赶回了德莱尼先生的家庭牧场，位于一片金黄的圣华金平原。

9月22日

今天早上，一只只绵羊被从羊圈中放出来接受清点。说来奇怪，经历了混乱的岩石、灌木和溪流之间惊险的长途跋涉，被熊吓跑，因吃杜鹃花、山月桂和碱性土壤而中毒，每只羊的命运竟然都清清楚楚。春天有两千零五十只瘦弱的羊离开畜栏，如今有两千零二十五只羊顺利归栏，且个个肥壮。损失的羊包括：十只被熊杀死，一只被响尾蛇咬死，一只在岩石斜坡上摔断腿，只好杀掉，一只与羊群意外走散，随后受惊跑丢——共十三只。还有十二只注定回不来，其中三只卖给了牧场主，九只成了我们的盘中餐。

令我终生难忘的第一次内华达高山之旅就此结束。我翻越了大自然打造的最为明亮、完美的"光之山脉"，并在它的荣光中欣喜不已。我会带着愉快、感恩与憧憬的心祈祷，祈祷能与它再次相见。

附录

约翰·缪尔大事记

1838 年
出生

4月21日，出生在苏格兰邓巴镇。

1849 年
11 岁

全家移民至美国威斯康星州。

1860 年
22 岁

在威斯康星州农业博览会上展出自己的发明；进入威斯康星大学学习。

威斯康星大学校徽

缪尔出生的街道

1863 年
25 岁

离开威斯康星大学。

1867 年
29 岁

因眼睛受伤而短暂失明；视力恢复后，决定将自己的生命投入到自然研究中；开始从肯塔基州到墨西哥湾的千里徒步旅行。

1868 年
30 岁

到达加利福尼亚州。游览优胜美地和内华达山脉。

1871 年
33 岁

对内华达山脉的冰川运动进行了深入研究；在优胜美地接待来访作家爱默生。

缪尔素描手稿

1874 年
36 岁

开始发表一系列文章，主题围绕"内华达山脉研究"展开，从而开启写作生涯。

1879 年
41 岁

访问阿拉斯加州。

1880 年
42 岁

4 月 14 日，与路易莎·万达·斯特伦茨结婚，搬至加利福尼亚州马丁内兹。此后十年帮忙管理家庭果园生意。

1890 年
52 岁

通过游说，成功创建优胜美地国家公园。

缪尔手稿

缪尔在优胜美地

a new life as well crushing storm.

1892 年
54 岁

成立著名环保组织"塞拉俱乐部"。

1894 年
56 岁

出版第一本书《加州的群山》。

1901 年
63 岁

出版《我们的国家公园》。

1903 年
65 岁

与西奥多·罗斯福总统一起在优胜美地露营。

缪尔与罗斯福总统（1903 年）

1964 年美国纪念邮票上缪尔的画像

2005 年版加利福尼亚州州硬币上缪尔的画像

1904 年
66 岁

完成环游世界之旅：英国、法国、德国、俄罗斯、芬兰、韩国、日本、中国、印度、埃及、斯里兰卡、澳大利亚、新西兰、马来西亚、印度尼西亚、菲律宾等。

1911 年
73 岁

到南美洲和非洲旅行；出版《夏日走过山间》。

缪尔素描手稿

1912 年
74 岁

出版《优胜美地》。

1913 年
75 岁

在拯救优胜美地赫奇－赫奇山谷的运动中失败,这里最终修建了水库。

1914 年
76 岁

12 月 24 日,在洛杉矶去世。

缪尔在山间

译者 | 刘子超

作家,译者。

毕业于北京大学中文系。

曾任职于《南方人物周刊》《GQ 智族》。

出版作品《午夜降临前抵达》《沿着季风的方向》《失落的卫星》。

2019 年,中亚纪实作品获评"全球真实故事奖"特别关注作品;

2021 年,获评第六届华语青年作家奖及"单向街书店文学奖·年度青年作家"。

2024 年,全新译作《夏日走过山间》,成功入选"作家榜经典名著";同年 5 月 28 日登陆王芳直播间首发,首印 2 万册在预售开启后的 24 小时内售罄。

著作

2015 《午夜降临前抵达》
2019 《沿着季风的方向》
2020 《失落的卫星》

译著

2016 [美] 海明威《流动的盛宴》
2018 [英] 伊恩·弗莱明《惊异之城》
2020 [美] 雷蒙德·钱德勒《漫长的告别》（作家榜经典名著）
2021 [美] 雷蒙德·钱德勒《长眠不醒》（作家榜经典名著）
2022 [美] 雷蒙德·钱德勒《侦探的简单艺术》（作家榜经典名著）
2024 [美] 约翰·缪尔《夏日走过山间》（作家榜经典名著）

作家榜®经典名著

读经典名著，认准作家榜

作家榜是中国国民文化品牌，自2006年创立至今始终致力于"推广全球经典，促进全民阅读"，连续13年发布作家富豪榜系列榜单，成功将不同领域的写作者推向公众视野，引发海内外媒体对华语文学的空前关注。

旗下知名图书品牌"作家榜经典名著"，精选经典中的经典，由优秀诗人、作家、学者参与翻译，世界各地艺术家、插画师参与插图创作，策划发行了数百部有口皆碑、畅销全网的中外名著，帮助无数人爱上阅读。如今，"集齐作家榜经典名著"已成为越来越多阅读爱好者的共同心愿。

作家榜除了让经典名著图书在新一代读者中流行起来，2023年还推出了备受青睐的"作家榜文创"系列产品，一举让经典名著IP融入到人们的日常生活中。作家榜品牌母公司大星文化，总部位于中国上海市。

名著就读作家榜
京东官方旗舰店

名著就读作家榜
天猫官方旗舰店

名著就读作家榜
当当官方旗舰店

名著就读作家榜
拼多多旗舰店

策　划	作家榜
出　品	

出 品 人	吴怀尧
产品经理	王涵越
美术编辑	高瑄苒
内文绘图	许嫚庭
封面绘图	ZHOU
封面设计	王贝贝　梁昌正
特约印制	吴怀舜

版权所有	大星文化
官方电话	021-60839180

名著就读作家榜
抖音扫码关注我

作家榜官方微博
经典好书免费送

下载好芳法课堂
跟着王芳学知识

图书在版编目（CIP）数据

夏日走过山间 /（美）约翰·缪尔著；刘子超译. --
成都：四川少年儿童出版社，2024.4（2024.6重印）
ISBN 978-7-5728-1404-4

Ⅰ.①夏… Ⅱ.①约…②刘… Ⅲ.①散文集 – 美国
– 现代 Ⅳ.①I712.65

中国国家版本馆CIP数据核字(2024)第092326号

"作家榜"及其相关品牌标识是大星文化已注册
或注册中的商标。未经许可，不得擅用，侵权必究。

XIA RI ZOU GUO SHAN JIAN
夏 日 走 过 山 间　　　［美］约翰·缪尔/著　　　刘子超/译

出 版 人：余　兰
责任编辑：张明强
责任校对：王默志
责任印制：李　欣

出　　版：四川少年儿童出版社		开　　本：16开
地　　址：成都市锦江区三色路238号		印　　张：18.75
网　　址：http://www.sccph.com.cn		字　　数：191千
网　　店：http://scsnetcbs.tmall.com		版　　次：2024年5月第1版
经　　销：新华书店		印　　次：2024年6月第3次印刷
印　　刷：浙江新华数码印务有限公司		印　　量：50001—65000册
成品尺寸：185mm×245mm		书　　号：ISBN 978-7-5728-1404-4
		定　　价：139.00元

版权所有　翻印必究
若发现印装质量问题，请联系0571-85155604调换。